ダッシュエックス文庫

堕ちた大地で冒険者

～チート技術と超速レベルアップによる異星無双～

謙虚なサークル

堕ちた大地で冒険者
～チート技術と超速レベルアップによる異星無双～

——宇宙歴750年。

人類が宇宙に進出して、実に750年もの月日が流れた。
だがやっていることは石を木の棒に括《くく》り付け、殴《なぐ》り合っていた頃となんら変わらない。
すなわち、人と人の血で血を洗う殺し合い。
今もそら、目の前でチカチカと命の花火が上がっている。
「何をくだらないことを考えているのですか。アレクセイ」
流暢《りゅうちょう》な機械音声が頭に響いた。
語りかけてきたのは宇宙用人型機動外装《モビルスウェット》、シビラ08高機動型。そのAIだ。
現在は俺の思考とリンクしている為、思考も読み取れるよう設定されている。
そして俺はパイロットとして搭乗《とうじょう》しているアレクセイ＝ガーランド。
帝国宇宙軍、第七艦隊所属の28歳。下《した》っ端《ぱ》兵士、彼女募集中である。
「だからくだらないことを考えてないで働いてください」

「おいおい心外だなシヴィ、ちゃんと働いてるだろ?」

ちなみに搭載《とうさい》されているAIを、俺はシヴィと呼んでいる。

シヴィは感情のこもっていない声で返してきた。

「それより敵機接近中です。サボっているツケが回ってきましたよ」

シヴィがそう言うと、俺の前面に展開されているスクリーンの端に敵機が映し出された。

こちらにビームガンの銃口を向けている。

「わかってる……よっと」

俺はシヴィを旋回させると、即座に手元のガンレバーを押す。

手にしたビームガンから放たれた光が、画面に映っていた敵機へと真っ直ぐ伸びていく。

そして命中、制御を失ったビームガンは、あらぬ方向へと発射された。

敵機はそのまま爆発四散し、虚空の闇に溶けていった。

「まだ来ます。アレクセイ」

「はいはい。ったく少しは休ませろってんだ」

舌打ちをしながら、俺はガンレバーを押してスクリーンに映し出された敵機をロックしていく。

だが数が多い。こちらがロックしきるより早く、向こうが撃ってきた。

「シヴィ、回避は任せる」

「了解です。ロックは外さないでください」

オート回避を起動し、機体制御をシヴィに任せる。

機体に背負っているバックパックから青白い炎が勢いよく噴き出し、迫りくるビームを、縦に横に高速運動して躱《かわ》していく。

激しい運動にコックピットが揺れるが、俺はその間も敵機のロックは続けていた。

避け切れない攻撃は、ギリギリまで引きつけてからビームガンで相殺《そうさい》。

視界内、全ての敵をロックし終わった俺は一旦距離を取る。

「オーケイだ。ホーミングレーザー、起動」

「了解、ホーミングレーザー起動します。充塡率《じゅうてんりつ》70……80……90……発射」

機体の背中から突き出しているポッドから放たれる、何本もの光の束。

それは頭上で分かれ、周囲を取り囲んでいた敵機へと曲がりくねりながら向かっていく。

敵機は各々《おのおの》回避を試みるが、ホーミングレーザーは熱源を捉えどこまでも追っていく。

本来、この機体には重量のあるホーミングレーザーは装備されてない。

高機動型は装甲が軽く、その分機動力を上げているからだ。

しかし俺はその機動力を犠牲《ぎせい》にして代わりに武器をめいっぱい詰め込んでいる。

攻撃は最大の防御なり。

ピンチの時こそ敢《あ》えて攻めるのが俺流だ。

一機、二機と命中し、最後まで逃げていた機体の胴を貫いた。

漆黒《しっこく》の闇を、無数の爆発で発した光が煌々《こうこう》と照らしていた。

「敵機、全て撃破。流石《さすが》ですアレクセイ。これでもう少し真面目《まじめ》だったならば、上級士官にでもなれたものを」

「おい、一言多いぞシヴィ。いーんだよ俺は。士官なんてガラじゃねぇ。自分の命を背負うだけで精一杯さ」

「ご謙遜《けんそん》を。ガリア宙域での撤退戦《てったいせん》、見事なものでしたよ」

——五年ほど前、とある戦争にて、俺は軍の嫌われ者を集めた予備隊に所属していた。

本来ならば本隊だけで勝てる戦《いくさ》、だが司令官のミスで俺たちは敵軍に敗れてしまう。

話はそれだけで終わらず、司令官は責任も取らずに自分たちだけは逃げられるように、予備隊に殿《しんがり》を言い渡したのだ。

彼我《ひが》の差は百倍以上、万に一つも生き残れる戦いではなかったが、俺たちはあらゆる手を尽くし、なんとか任務を果たした。

しかし部下は殆《ほとん》ど死に、生き残ったのは俺を含めた数人。

そんな俺たちの手柄を、その司令官はまるで自分がやったかのように奪い取ったのだ。

『自分の的確な指示のおかげで、彼らは生き残り本隊もまた無傷で撤退に成功したのだ』と。

何度も補給を要請したが、連絡は無視され補給物資が送られたことは一度としてなかった。

その代わりに送られてきたのは、『気合いで守れ』だの『命を賭《と》して任務を完了せよ』だのふざけた命令ばかりだったにも拘《かか》わらず――だ。

それを聞いた俺は即座に指令室へと赴《おもむ》き、そのクソ司令官を思い切りぶん殴ってやったのだ。潰れたカエルみたいな面《つら》が傑作《けっさく》で笑えたが、俺は処罰を受け降格されたのち、最前線に飛ばされたわけである。

「勿体《もったい》ないです。あなたを慕《した》う兵は本当に多いのですよ。……命知らずなことに」

「だから、一言多いぞシヴィ」

「そうですよ、隊長」

シヴィと軽口を叩き合っていると、スクリーンに同じ隊の男が割り込んできた。

先の戦いでの数少ない生き残り、俺の部下だった男でベルクという名である。

だがそれも昔の話。今の俺は降格されており同僚なので敬語を使う必要はない。

にも拘わらずこいつはまだ俺を隊長と呼び、こんな最前線にまでついてきたのだ。

「おいおい、〝隊長〟は止めろって言ってるだろ？　ベルク」

「ははは、私にとって隊長はいつまでも隊長です。あの戦いで何度も命を救われましたからね。死ぬまで言い続けますよ」

「ったく、戦いの最中だってのに縁起《えんぎ》でもねぇ。お前今度子供が生まれるんだろうが」

「ええ、帰る頃には……隊長、約束通り抱いてやって下さいよ」

「わかってるわかってる。……む」

突然、ピピピと警告音が発せられた。

嫌な予感がした俺は咄嗟《とっさ》にレバーを倒し、機体を右に動かす。

その瞬間、ごおう！　と光の束が機体のすぐ横を通り過ぎた。

ビームカノン、それもかなり高出力のものだ。

スクリーン後方に、避けそこなった味方機の爆発が見えた。

「敵機接近、あれは――特機です」

俺は即座に前方、ビームの飛んできた先を見る。

僅《わず》かに見える小さな光を拡大すると真っ赤な機体が見えた。

――特機、エースパイロットの乗る、特別製の機体だ。

性能もさることながら、搭載されている武器も通常の機体とは比べ物にならない。

一機で戦況をひっくり返すことが出来る、チート機体だ。

そんなことを考えてる間に、敵特機はぐんぐん近づいてくる。

もはや拡大の必要もない。メインモニターに映る真っ赤な特機を前に、俺は舌打ちをしてガンレバーを引く。

「このっ！」

構えた銃口から放たれる、ビームガン。

俺に続いて、味方機も同様に特機を狙う。
だが奴は雨あられと降り注ぐビームを、軽々と躱しながら近づいてくる。
その際、反撃の射撃でまた味方が数体爆発した。
「だ、ダメです隊長！　速すぎる！」
「ちっ、ロックオンすら間に合わねぇかよ！」
さっきからロックオンをしようとしているが、小刻みに動かれそれすらも出来ない。
かといって適当に撃って当たるはずがない。
機体性能が違いすぎる。だが泣き言を言っててもただ殺されるだけだ。
とにかくやるしかねぇ。ピンチの時こそ敢えて攻めろだ。
俺は銃を投げ捨て、背中のバックパックからビームソードを引き抜いた。
接近戦なら銃よりもこちらの方がまだマシだ。
向こうもまた、ビームソードを抜いた。
バーニアを噴かせ、向かいくる特機に合わせる。
「うおおおおっ！」
ぎぃん！　と交じり合った光の刃が火花を散らす。
二度、三度と刃を交えるたびに俺は大きく吹き飛ばされた。
くそ、やはり力負けしてしまうか。

だが特機は俺を倒すのを面倒と思ったのか、バーニアを逆噴出し向こうへ飛んでいく、
ふぅ、助かった。

「た、隊長！」

安堵《あんど》する俺の目に映ったのは、特機に斬《き》りかかられるベルクの機体。

あっという間に右腕を切り落とされ、返す剣で頭部も落とされてしまった。

「ちっ、あのバカ！　何やってんだ！」

咄嗟にペダルを踏み、バーニアを全力で噴かせる。

「危険です、アレクセイ。このまま当たれば機体を損傷してしまいます」

「百も承知だ！」

ブレーキを踏んでは間に合わない。

全速力で突進し、そのまま特機にぶち当たった。

があぁぁん！　と鈍い音がして機体が大きく揺れる。

特機はビームソードを振り上げたまま、バランスを崩していた。

ベルクの機体はなんとか無事だが、安堵している暇はない。

俺はバーニアを更に噴かせ、敵機諸共《もろとも》戦線を離れていく。

「アレクセイ、何をするつもりですか？」

「このままあの星に突っ込む。特機とはいえ大気圏突入は出来ないはずだ。これなら確実に倒

せる」

「しかしそれは私も同じです。あなたも死んでしまいますよ！」

シヴィの言葉に、俺は苦笑する。

「……ま、しゃあないわな。特機と相打ちなら上出来だろ」

「アレクセイ、あなたという人は……全《まった》く」

シヴィは機械とは思えぬようなため息を吐いた。

「隊長！　隊長！」

通信機からベルクの声が聞こえる。

敵機もまた懸命に暴れ、機体が揺れる。

だが俺は構わずバーニアを噴かし続ける。

既に重力圏内、機体性能ごり押しでどうにかなるレベルじゃねぇんだよ。

「……大気圏、突入します」

静かな声でシヴィが言うと、スクリーンに映る外の景色が赤い光に包まれる。

外部は摩擦熱でとんでもない温度になっているだろう。

特機も動かない。動けないのだ。

重力に囚われもはや俺も戻れない。

「隊長！　アレクセイ隊長！　隊──」

ベルクの声が途切れる。

もはや通信も届かないほど、距離が離れたのだ。

俺は動かなくなった特機と共に、目の前の惑星へと堕《お》ちていった。

◇

ピー、ピーというアラーム音で目を覚ます。

もう朝かよ……もう少し寝かせてくれ。なんか疲れてるんだ……そんなことを考えながら目覚ましを切ろうとするが、いつも置いている場所に時計がない。

それにベッドが妙にゴツゴツして、寝にくい。

何かおかしい。身体《からだ》を起こすと辺りは真っ暗で、視界の至る所に赤い光が点滅していた。

「目が覚めましたか？　アレクセイ」

「……シヴィ？」

シヴィの声で、俺はようやく正気に戻る。

「そうだ！　俺は確か敵と一緒に……おいシヴィ、一体何がどうなった!?」

「落ち着いて下さいアレクセイ。順を追って説明いたします」

俺の問いに、シヴィはゆっくりと答え始める。

「特機と共に惑星に突っ込んだあなたは、そのまま大気圏に突入し、地表へ激突しました。本来であればそのまま燃え尽きるか激突の衝撃でバラバラになっていたでしょうが、丁度《ちょうど》特機がクッションになり、ほぼ無傷で着陸出来たのです。ちなみに特機はバラバラです」

大気圏突入の画像、近づいていく地表の画像、砕《くだ》けた敵機の画像が次々とスクリーンに映し出される。

そうだ、全て思い出した。そして俺は頭を抱えた。

「……てことは、今はその星にいるってことか？」

「そういうことになりますね」

「隊から何か通信は入っているか？」

「いいえ、何も。この地にはアンテナの類《たぐい》はないため、宇宙との通信は不可能です。また機体も著《いちじる》しく損傷しており、今すぐ起動させるのは難しいかと。幸いナノマシンによる自己修復機能は正常に機能しています。すぐ傍にある特機を分解、捕食すれば数か月後にはある程度動けるようにはなりますが……」

「戻るのは無理……か」

星の重力を振り切るほどのバーニアはシビラ08には装備されていない。

そして惑星へ落ちた機体は基本的にロスト扱い。戦死として扱われる。

戦況は厳しかったし、俺を捜索する暇などないはずだ。

「……ま、こうなったのは仕方ない。切り替えていこうぜシヴィ、この星の大気成分を分析してくれ」

「既に計算は終わっています。大気の成分は窒素《ちっそ》が78・11％、酸素が20・98％、アルゴンが0・89％、二酸化炭素が0・02％、あとは未知の元素が感知されましたが、特に人体に毒というわけではないようです」

「ふむ、とりあえず外に出てみるか」

いつまでもコックピット内に引きこもっているわけにもいかないからな。

酸素も食料も有限だ、いつかは外に出なければならない。

俺はハッチを開け、外に出る。

外は荒野、短い草木がまばらに生えており、虫も飛んでいた。

見た感じ俺の母星とあまり変わらないようだ。

「ってか暑いな」

俺はヘルメットを脱ぎ、コックピット内に放り投げるとパイロットスーツのジッパーを下ろし胸元を開く。

「アレクセイ、そんなラフな格好で……まだ安全は確認できていませんよ」

「馬鹿、いいんだよ。どうせ死ぬときゃ死ぬんだからな」

そもそもこの星に落ちてきた以上、いつまでも機体に閉じこもってるわけにはいかない。

というわけで俺は機体から跳び降りた。

足元の地面は大きくえぐれており、残された特機は原形をとどめていなかった。

これではパイロットは生きていないだろう。俺は十字を切って敵兵が安らかに眠れるよう祈った。

「待ってくださいアレクセイ」

頭部から射出された球体が、ふわふわと浮きながら俺の傍に来た。

これはシビラ08の遠隔型飛行モジュールで、ＡＩとリンクし地上にてパイロットの補助を行うというものだ。

「どこへ行くつもりですか」

「ちょっとそこらを探索してみようと思ってよ。なーに山歩きなら慣れてるさ。俺の出身は牛や馬がうろうろしているようなド田舎村《いなかむら》だからな」

人類が宇宙に進出したとはいえ、栄えているのは都市部のみ。

郊外に出れば畑もあるし家畜もいる。俺はそんな田舎の出身である。

「田舎ではなく未知の惑星なのですよ？　少しは警戒してください」

「少しはな。だがジッとしててもどうしようもないだろう。お、水があるぞ！」

「あぁもう、全《まった》く」

やや離れた場所に小川を見つけ、駆け出した。

シヴィはやれやれと言いながらついてくる。

辿《たど》りついた小川は見事までに透き通り、魚も泳いでいた。

「驚くほどきれいな水です。寄生虫や毒性のあるウィルスも確認できません」

「ほほう、飲んでも平気ってことか」

煮沸《しゃふつ》してない川の水とかは飲むと腹を下すが、シヴィがそう言うなら大丈夫だろう。

俺は川に頭を突っ込み、ごくごくと飲み始める。

「……んぐ、んぐ、ぷはっ！　美味《うま》い！」

冷たい水が体中に染み渡り、身体が癒《い》えていくようだった。

「一応水筒に入れておこう。あとは食い物があれば……」

言いかけて俺は、何か妙な気配を感じた。

野山で獣に襲われた時に感じたような、薄く粘っこい敵意。

「アレクセイ、北西より生体反応が近づいてきます。数は32。画像送ります」

腕に嵌《は》めていた操作パネルを押すと、透明なウインドウが表示される。

そこに映っているのは緑色の肌をした真っ赤な目を持つ小人。

口は耳まで裂け、その耳は長く尖っている。

狂暴そうな見た目で、手には棍棒《こんぼう》を持っていた。

「こいつは……現地民か？」

「周囲の音声を拾いましたが、獣が吠え声で会話するのに似ていました。どうやら獲物を狙っているようですね」

「ギシ！　ギシシシ！」

シヴィの声を遮《さえぎ》るように、俺を見つけた小人が声を上げる。

獲物を見つけた、とでも言わんばかりにはしゃいでいるように見えた。

俺は両手を上げて、小人に声をかける。

「なぁおいあんた。俺は怪しいもんじゃ――」

「ギシャ――ッ！」

だが小人はいきなり俺に飛びかかってきた。

振り下ろされる棍棒を避けるが、追撃を仕掛けてくる。

「ちょ、待てよ。落ち着けって」

「ギシ！　ギシ！」

俺の制止など聞く耳持たず、小人は攻撃を続ける。

大した速度ではないので軽く躱《かわ》せるが、どうやら完全に敵と見なされているようだ。

「チッ、仕方ねぇ。言っとくが先に攻撃してきたのはお前だから……なッ！」

躱しざまに蹴《け》りを一撃、小人のどてっぱらにぶち込んだ。

吹き飛ばされた小人は、何度もバウンドして地面に倒れる。

「ふぅ、野蛮《やばん》な奴だぜ」

人型だがあまり知能は感じられなかったな。

猿のようなものかもしれない。

「まだ終わっていません。アレクセイ」

シヴィの声に辺りを見渡すと、先刻の小人に囲まれていた。

小人たちは弓矢や投石紐《とうせきひも》など、遠距離用の武器を持っている。

前言撤回《ぜんげんてっかい》、猿よりは頭がよさそうである。

「ギシ！」「ギギギ！」「ギシシシ！」「ギシャー！」

奇声と共に小人たちは矢や石を放ってきた。

「うおおおっ⁉」

慌てて岩陰に逃げ込み、それを防ぐ。

風切り音と岩に当たる音が断続して響く。

「どうしますかアレクセイ、会話が成り立ちそうにありませんが」

「仕方ない。最初に手を出してきたのはお前らなんだからな。……シヴィ、08の兵装は使えるな？」

「バックパックは無事です。問題ありません」

「オーケー、目にもの見せてやる」

俺は腕に取り付けた遠隔操縦用コンピュータを起動する。

半透明のウインドウが目の前に出現し、操作パネルにてカタカタと入力する。

これでシビラ08の簡易操作が出来るのだ。

遠くの方でぶぅんと起動音がした。


「充塡率《じゅうてんりつ》100%、ホーミングレーザー発射します」


08の背中のバックパックが開かれ、そこから無数の光が放たれる。

——直後、辺りが光に包まれた。

俺以外の熱源を対象とし、ホーミングレーザーを撃ったのだ。

光の雨が降り注ぎ、小人たちの悲鳴や苦悶《くもん》の声、地面の削《けず》れる音が断続的に聞こえる。

命のかかった状況で加減するほど、俺は優しくないんでね。恨むんじゃねーぞ。

しばらくして物音がしなくなり、光が徐々に薄れていく。

どうやら攻撃が終わったようだ。

岩陰からちらりと覗《のぞ》くと、胴体に大穴を開けた小人たちが、地に伏していた。

動く気配はない。全員死亡したようだ。

「ま、相手が悪かったと思うんだな」

小人たちの冥福《めいふく》を祈りつつ、その場を立ち去ろうとした俺の頭にぴろん、という妙な音が聞こえた。

見れば小人の姿が消えていくではないか。

驚いていると、抑揚《よくよう》のない機械音声が聞こえてくる。


プレイヤーの存在を確認。ワールドシステムとリンクします。


「……つっ⁉」

声の直後、軽い頭痛がする。しかしそれも一瞬、また同じ声で音声が流れ始める。

ゴブリンを倒した。32ＥＸＰを取得。……どういうことだ？

「シヴィ、何か言ったか？」

「いえ、ですが先程から光波、電磁波、音波とも違う、奇妙な波長の乱れがアレクセイの脳内で見受けられます。先刻観測した大気中の未知の元素が作用しているようです」

「この星特有の何か……というわけか？」

その間もメッセージは流れ続ける。

ゴブリンを倒した。32ＥＸＰを取得。

ゴブリンを倒した。32ＥＸＰを取得。

ゴブリンを倒した。32ＥＸＰを取得。

ゴブリンを倒した。32ＥＸＰを取得。

レベルが上がった。

ゴブリンアーチャーを倒した。64ＥＸＰを取得。

ゴブリンアーチャーを倒した。64ＥＸＰを取得。

ゴブリンアーチャーを倒した。64ＥＸＰを取得。

ランドゴブリンを倒した。１４２ＥＸＰを取得。

ランドゴブリンを倒した。１４２ＥＸＰを取得。


「なぁ、変な機械音声がずっとゴブリンを倒したとかレベルが上がったとか言ってるんだが」

「私には聞こえませんが……知覚をリンクしてもよろしいですか？」

「おう」

俺の了承を得て、シヴィは俺の脳波を通して知覚を共有する。

これで俺の見聞きしていることが、シヴィにもわかるようになる。

「……なるほど。まるでゲームか何かのようですね。どうやら例の未知の元素が作用しているようです」

「ゲームねぇ。ならあの小人はさしずめモンスターってところか？」

「メッセージによれば、ゴブリンというようですね」

子供の頃によくテレビゲームをやっていたが、ＲＰＧなどではこういったモンスターを倒してレベルを上げるのが定番だ。

シヴィの言う通り、あの小人もそれでいうところのゴブリンっぽい。


グリズリーを倒した。６４１ＥＸＰを取得。

グリズリーを倒した。６４１ＥＸＰを取得。

ワイバーンを倒した。９８６ＥＸＰを取得。

ワイバーンを倒した。９８６ＥＸＰを取得。

レベルが上がった。

『戦士』のジョブを得た。

サンドワームを倒した。１６２３ＥＸＰを取得。

サンドワームを倒した。１６２３ＥＸＰを取得。

サンドワームを倒した。１６２３ＥＸＰを取得。

レベルが上がった。

『斥候《せっこう》』のジョブを得た。

ゴブリンを倒した系のメッセージが終わった後、違うモンスターを倒したと流れ始める。

見る限り近くにはそんなのはいなかった気がするが……

「……なぁシヴィ、もしかして結構広範囲を攻撃してしまったか？」

「ホーミンググレーザーの最小射程は10立方キロメートルですので。辺り一帯に降り注いだはずですね。地中も、空中も」

「……そういやそうだったな」

どうやらこの辺りの生物全てが攻撃対象になってしまったということになる。

罪のないモンスターたちまで倒してしまったか……悪いことしちまったな。

つか、人はいなかっただろうな……一応人間には当たらないように設定しているはずだが、異星人に有効かは不明である。

鳴り止まない撃破音とレベルアップメッセージを聞きながら、俺は人殺しになってないことを祈るのだった。

◇

しばらくして、音が鳴り止んだ。
幸運なことに人間を倒したというメッセージは流れなかった。
村でもあったら大惨事《だいさんじ》だったな。次からは使わないように気をつけるとするか。
「ん、なんだこりゃ？」
そして気づけば目の前に、謎のウインドウが表示されていた。
意識を向けた瞬間、そのウインドウが大きくなる。

アレクセイ＝ガーランド
レベル86
ジョブ　なし
力A
防御B
体力A
素早さB

知力ＳＳＳ
精神Ｓ

「……見えてるか？　シヴィ」

「はい、どうやらアレクセイ、あなたのステータス画面のようですね」

なんだかわからんがこいつが俺のステータスのようである。

数値が高いのは先刻のレベルアップのせいか。

数えきれないくらいレベルアップしてたからな。

「いまいち実感はないが……ふむ」

俺は足元に転がっていた石を拾い上げると、それを軽く握り締めた。

するとぱきんと軽い音がして、サラサラと砕《くだ》けてしまった。

おおう、大して力を入れてなかったのに……すげーパワーだ。

「……信じられませんが、アレクセイの身体能力が大幅に向上しているようです。例の元素がアレクセイの身体《からだ》に多く集まり、力となっているように見受けられます」

「うーむ、レベルアップで強くなるとはマジでゲームみたいだな」

「魔法のような未知の元素……便宜《べんぎ》上魔素とでも呼びましょうか。恐らく何者かがこの魔素に生物を変化させるプログラムを埋め込み、制御しているのでしょう」

「そーいやどこかのマッドサイエンティストが星を丸々一つ使ってＲＰＧっぽい世界を作り出したと聞いたことがある。そこへ人間が入り込むと、レベルアップや装備で身体能力が大きく変わるとか」

　昔、ネットニュースでそんな記事を読んだことがある。

　星一つを改造してテーマパークにしようという計画だっけか。

　リアルＲＰＧとでもいうべきその計画はどんどんエスカレートし、人工生命でモンスターやＮＰＣ《ノンプレイヤーキャラクター》を作り始めたとか。

　だが未開惑星保護団体がそれに抗議し、連邦軍が動いて計画は頓挫《とんざ》。

　以来、その星は連邦政府の管理下に置かれたらしいが……

「この星がそうだったりして」

　もしくは似たようなことを考え、実行した人間がいたかもだ。

　宇宙は広い、ありえない話ではない。

　考え込む俺にシヴィは話しかけてくる。

「しかしアレクセイの知力がＳＳＳというのは何かの間違いではありませんか？」

「はっはっはー！　いやー中々俺のことをわかってるじゃねーの？　こう見えて元帝国宇宙軍学部特科生だからなぁー！」

　帝国一の軍学校、その特科出身の者はそう多くない。

自慢ではないが俺はエリートなのである。ふふん。

「人並外れた運動センスを高く評価されたからで、筆記はほぼ赤点でしたけれどね」

「なななな、なんで知ってるんだオメー!?」

「入隊時のデータを閲覧《えつらん》しましたので。というかよく考えればあの石も本来の力で握り潰せたのでは?」

くっ、これだから機械ってやつは……人のプライバシーをなんだと思っていやがる。

人を脳筋ゴリラみてーに言いやがって。

あんな硬い石を握り潰すには、いくらなんでももう少し力を入れないと無理である。

「だがまぁ、ゲームの星か。堕《お》ちた大地としては悪くないかもしれないな」

どうあれしばらくここで暮らすことになるのは決定事項である。

戦争にも飽きてきたところだし、ゲームも嫌いじゃあない。

ここは休暇と割り切って、思い切り楽しむとしようじゃないか。

「なぁシヴィ、この星に人間はいるのか?」

星まるごとベースとしてゲーム化した以上、いわゆるNPC的な存在は間違いなくいるだろう。つまるところ現地民だ。記憶が確かならゲームマスターは普通の人間をコピーして彼らを作ったはず。

だが星ごと放置されているのだ。絶滅している可能性もある。

「探索いたします」

シヴィはそう言うと、空高く浮き上がる。

高く、高く、浮き上がってあっという間に見えなくなってしまった。

シヴィには遠視レンズが組み込まれており、１００キロ先まで見渡せる。

しばらく上空でぐるぐる回った後、シヴィはゆっくり降りてきた。

「北の方角に町のような場所を発見しました。距離は約60キロメートル、人影のようなものも見えます」

「少し遠いが、歩けないこともないか……08のステルス機能は生きてるか？」

「問題ありません」

「では起動してくれ」

08に搭載《とうさい》されたステルス機能は、周りの風景と完全に同化するというものだ。

触れなければわからない程に精巧で、近くに寄ってもわからない。

現地民に見つかったら面倒なことになりそうだからな。

すぐに08は透明になり見えなくなってしまった。

ついでにシヴィ自身も、である。

こんな球体がふわふわ浮いていたら、騒ぎになるかもしれないからな。

ちなみにシヴィとは感覚を共有しているので念話で話すことが可能である。

『じゃあ町に向かうか』

『了解』

俺の思考にシヴィは答えた。

軽くストレッチして、走り始めると、一気に景色が流れていく。

とんでもない速さだ。身体もとても軽い。疲労もほとんど感じない。

『アレクセイ、時速40キロは出ていますよ』

『ほう、自動車並みの速度だな。まだ軽く走ってるだけなんだが』

これなら二時間も走れば着きそうである。

『というかこれだけのパワーをいきなり手に入れても、常人ならばコントロール出来るはずがないのですが……恐ろしいまでの運動センスですね。流石《さすが》は元帝国宇宙軍学部特科生』

『オメー、今俺のことバカにしなかったか?』

『まさか……ぷぷっ』

『しばく!』

『ぎゃー! 私は精密機械なんですよー!?』

そんなこんなで走り始めて一時間、ようやく町らしきものが見えてきた。

『あぁ、ひどい目にあいました……』

『ちょっとこづいただけだろ。大げさだな』

『思い切り地面にめり込みましたが!?』

『加減が難しいんだよ。それに端子部に砂が入ったとか言うからフーフーしてやったじゃねーか』

『唾《つば》を飛ばさないでください。機械は水に弱いのですから』

『ったくうるせーなぁ。電子機器ってのは大抵フーフーすれば直ると相場が決まって……む』

俺は足を止め、耳を澄ませる。

『どうかしましたか？　アレクセイ』

『何か声が聞こえた。美女の悲鳴のようだったが』

『美女かどうかはともかくとして、女性の声は聞こえましたね』

『この手のゲームで悲鳴が聞こえたら、モンスターに襲われている美女が助けを求めてると相場が決まってるんだよ！』

『……妙に具体的ですね』

異星でのバカンスを楽しむなら美女の一人や二人とは仲良くなっておきたいところだ。

ゲームっぽい世界をベースにしているようだし、胸元をがばっと開けてムチムチの太ももを覗《のぞ》かせた、セクシー美女とかもきっといるに違いない。

助けたお礼にキスの一つもしてくれるような可愛《かわい》い子ちゃんならなおよし。

ぐふふ、テンションあがってきたぜ。

『くそぅしんぼうたまらん。行くぞシヴィ！』

『あぁもう、はしゃぎすぎですアレクセイ』

声の方に方向転換し、駆け出すとシヴィは渋々ついてくる。

しばらく走っていると、一人の女性が先刻の小人……確かゴブリンに囲まれていた。

ゴブリンの陰に隠れて美しい金髪が躍っている。

おおっ、彼女がＮＰＣの子孫的存在か。普通の人間と変わらないように見えるな。

そしてあの後ろ姿……ふふふ、どう見ても美女じゃあないか。

「いよっしゃああ！」

即座に飛び込んだ俺は、女性を取り囲んでいたゴブリンに勢いのまま飛び蹴《げ》りを喰らわせた。

「ギ――!?」

ゴブリンは小さく呻《うめ》き声を上げ、真横一直線にすっ飛んでいく。

そのまま岩石に当たったと思うと、深くめり込んでしまった。

岩の隙間《すきま》からはミンチになったゴブリンが消えていくのが見え、頭の中にゴブリンを倒したとメッセージが流れた。

……レベルアップって怖い。次からは手加減しよう。

「消えな雑魚《ざこ》ども。今なら命は助けてやるぜ？」

「ギィイ!?」「ギャッギャッ！」

俺がしっしっとジェスチャーすると、ゴブリンたちは一目散に逃げていった。賢明な判断だ。俺も無駄な殺しはしたくなかったし。

「あ、あの！　助けていただいてありがとうございますっ！」

後ろから鈴を転がすような声が聞こえてくる。
おっとそうだった。可愛い子ちゃんを忘れていたぜ。
俺はそそくさと髪の毛を整えると、颯爽《さっそう》と振り向いた。
「無事だったかい？　お嬢さ――」
だが俺の目の前にいたのは、美女というにはあまりに幼い少女だった。
身長は130くらい。可愛らしいが幼い顔立ちで、歳《とし》は14、5くらいである。
長いスカートで質素な衣服の、田舎《いなか》の村娘といった様相だ。
加えて身体も細く、胸もない。
色気のいの字もない、爪楊枝《つまようじ》のような細っこい少女だった。
つまり、まぁなんというか……子供である。
「……お嬢ちゃん」
『今、露骨にテンション下がりましたね』

そりゃ仕方ないだろう。いくらなんでも子供は完全に守備範囲外だ。

俺は22から28くらいまでの成熟した女性がタイプなのである。

だが少女はそんなことを気にする様子もなく、目をキラキラさせて俺の手を取ってきた。

「私っ、リルムと言います！　このたびは命を救っていただいて、なんとお礼を言っていいか……」

「あー、うん。そうか。よかったね。それじゃ」

悪いが子供に興味はない。

適当に切り上げて立ち去ろうとしたが、リルムと名乗った少女は俺の手を放さない。

「あの！　お礼をさせてください！　ぜひ！」

「気にしないでくれ。礼を言われたくて助けたわけじゃない」

「そう言わず！」

俺はリルムの相手をせずにすたすたと歩いていくが、諦めずに話しかけてくる。

「あなたは命の恩人です！　私に出来ることならなんでもやりますから！　ね！」

「……しつこいぞ」

俺が声を低くして言うと、リルムはビクッと肩を震わせて足を止める。

チラッと後ろに視線を送るとリルムは立ち止まり、涙を目に浮かべていた。

『あーあ。泣ーかした。泣ーかした。子供相手に大人げないですねーアレクセイは』

　シヴィが楽しそうに囃《はや》し立てる。

　ったくこのクソＡＩめ。くだらないボキャブラリーばかり豊富なんだからよ。帰ったらメカニックに苦情を言ってやる。

　……まぁ確かにちょっと言い過ぎたかもしれないな。

　それにリルムをこんな場所に置いていったらまたモンスターに襲われるかもしれない。

　それは流石に寝覚めが悪いか。……はーあ。

　俺はため息を吐くと、リルムをちらりと見て言った。

「はぁ……仕方ないな。ついてこいよ」

「本当ですかっ！」

「ただし、町までだからな。送るだけだぞ」

「はいっ！」

　わかっているのかいないのか、リルムは小走りで俺についてくるのだった。

　それからしばらく歩くと、ようやく町に辿《たど》り着いた。

　走ればすぐだったが、リルムを置いていくわけにもいかず歩くのを余儀《よぎ》なくされたのである。

「アレクセイ様と仰《おっしゃ》られるのですね。素敵なお名前ですわ」

「あーうん、そうか？」

「そうですともっ！」

俺の気のない返事にも、リルムは声を弾ませながら返してくる。

うーむ、すっかり懐かれてしまったようだ。

どうせならかわいこちゃんに懐かれたかったぜ。

『よいではないですかアレクセイ。リルムは美女とは言えませんが、美少女の枠《わく》には十分入るのでは？』

『だから守備範囲外だってーの。最低でもあと五年は欲しいところだな』

頭の中で話しかけてくるシヴィにそう返す。

しつこいが俺にロリコンの趣味はない。

かといって育つのを待つほど気は長くない。

町に着いたらさっさと別れてしまおう。リルムにも家族はいるだろうしな。

「しかしリルム、お前なんで町の外にいたんだ？　危ないじゃないか」

「それは、そのぅ……」

俺の問いに何やら口籠《くちご》もるリルム。

「ま、言いたくないならいいけどな」

「う……すみません……」

美女ならともかく、こんな子供に興味はない。

どうせ遊びで外に出たとかだろう。子供にありがちである。

「そこの者、止まれ！」

いきなり声をかけられ、立ち止まる。

声の方を見ると門のところに鎧《よろい》姿の少年が立っていた。

サラサラの金髪で切れ長の目。整った顔立ちの美少年。よく見れば鎧にも装飾が施《ほどこ》されており、一言でいえばイケメン騎士である。

あんな格好、俺のいた星じゃ考えられないな。うーんコスプレっぽい。

「怪しい奴め、身分を明かすものを見せろ！」

ボケっとしていると、少年はこちらに歩いてくる。後ろの衛兵たちもだ。

まずいな、どうやら怪しまれているらしい。

「待て待て、俺はただの旅人だ。怪しい者じゃない」

「旅人だと……？　それにしては妙な格好だな。……どう見ても怪しいぞ貴様。ちょっと顔を貸してもらおうか」

少年が俺の腕を掴《つか》もうとすると、リルムが割って入る。

「待ってくださいセシル！　彼はけして怪しい人ではありません！」

「君は……いや、あなたは――」

セシルと呼ばれた少年は、慌ててリルムの前に膝を突く。

「リルム様！　ご無事で何よりでございます！　突然いなくなったので本当に心配しました。

慌てて探しに行くところでしたよ」

「心配をおかけしました。ですがこの方、アレクセイさんに助けていただいたのですよ。とってもいい人なのです」

どうやら二人は知り合いだったようだ。

セシルの言い分からして、リルムはいいとこのお嬢さんなのだろうか。

「この男が……ですか？　なんとも軽薄そうな下心が服を着て歩いていそうな顔ですが……」

「んだとぉ――――っ!?」

訝《いぶか》しむように俺を見るセシル。

確かに美女と勘違いして助けはしたけれどもよ。

ていうかシヴィ、お前も笑ってんじゃねぇ。

「もう、セシルったら！」

「……すまない。少し言い過ぎたな。リルム様を助けていただいたこと、礼を言う」

リルムに言われ、恭《うやうや》しく頭を下げるセシル。

なんと言うか、きざったらしい程に洗練された仕草だ。

チッ、気に入らない奴だぜ。こいつとは仲良くなれねーな。

ともあれ、誤解が解けたことで俺は町に入れるようになった。

本来なら身分証がいるところ、紛失ということで入っていいらしい。リルムのおかげだな。

「いやー助かったぜリルム。ありがとうな」

わしわしとリルムの髪を撫《な》でると、顔を赤らめ目を伏せた。

「は、はい。お役に立てて良かったです……！」

「それにしても顔が利《き》くんだな。もしかしていいとこのお嬢さんとかなのか？」

「えと、はい。この町を取り仕切っているスフィーブルム家の次女です」

「ふーん」

スフィーブルム家とやらがなんなのかは不明だが、きっと町の名士とかそんな感じだろう。

ま、やっぱり俺にはなんの興味もないのだが。

「身分を証明するものがないなら、町の中心部にあるギルドに行けばいいと思いますよ。そこでは冒険者になることができます」

「冒険者？」

「はい、冒険者というのは魔物退治や宝探しなどをして生計を立てている人で、ギルドに所属すれば身分も証明してくれます。実はセシルも冒険者でして、私の家で雇っているのです。アレクセイさんほどの強さがあれば、きっと冒険者としてもやっていけますよ」

なるほど、つまりは傭兵《ようへい》のようなものだろう。

ギルドという仲介所を通して仕事を請け負い報酬《ほうしゅう》を得る、実力が全ての根無し草。

身寄りも身元も不明な俺には丁度《ちょうど》いいな。いい情報を教えてもらった。

「わかった。色々と助かったよ。リルムも一人で町の外になんて出るんじゃあないぞ」

「……反省しています。ではまた」

　ぺこりと頭を下げるリルムは、いつまでも俺を見送っていた。


　リルムと別れた俺は中心部にあるというギルドとやらに向かう。

　町を歩いていると、看板や品書きには俺たちのよく知った文字が並んでいた。

『ところで今更な疑問なんだがよ、何故この星の人間と俺たちの使っている文字や言葉が同じなんだ？』

『恐らく例のシステムメッセージによるところが大きいのでしょう。魔素を取り込んだ人間は頭の中にステータス画面が現れ、メッセージも流れる。そこで使われている言語が公用語でなければゲーム自体が成立しないでしょう』

『なるほど。作られた世界ならではの利点っつーわけだな。道行く人々もファンタジー世界でよく見る感じだし』

　人々はシンプルな装飾のボロい服を着ており、獣のような耳や角《つの》の生えた人間や、やたら大きな人間、反対に小さな人間もいる。

　亜人とでもいうのだろうか。

　しかし大多数は普通の人間のようだ。

『しかし彼らは元々この星にいたわけではないんだよな。やけに多様な進化を辿《たど》っているようだが、どういうカラクリだ？』

『先刻、何人かの唾液《だえき》を採取しましたが、人間のＤＮＡに獣の遺伝子を埋め込んだようですよ。彼らはその子孫のようです』

『うへー、マッドだなー』

人間への遺伝子操作は銀河法で固く禁じられている。

勿論《もちろん》星の改造も。そりゃ問題視もされるわな。

そんなことを言っていると、ふわりといい匂《にお》いが漂ってくる。

『む……美味《うま》そうな匂いがするな』

『そこの居酒屋から漂ってくるようですね』

目の前の建物からは、昼間だというのにワイワイと騒ぎ声がしている。

近づくと、中では昼間だというのに酒を飲み、真っ赤な顔をした男たちが骨つき肉にかぶりついていた。

肉汁が滴《したた》る焼きたての肉を酒で流し込んでいるのを見て、俺はゴクリと喉《のど》を鳴らした。

『ビール銅貨４枚、骨つき肉銅貨５枚……と書かれていますね』

シヴィが遠視レンズでお品書きを転送してくる。

『ぬぐっ……すげー美味そうだな……』

『一応分析しましたが、食べても問題はなさそうですね。まぁアレクセイなら少々腐っていても腹痛を起こしはしないでしょうが』

『ったく人をなんだと思ってやがる』

美味そうだ。だが金がない。そういえば先日から何も食べてないいんだよな。

リルムに少しだけでも金を借りていれば……いや、流石《さすが》にあんな子供に金を借りるのはプライドが許さん。

俺は腹を満たすため、持っていた携帯食を一口に頬張《ほおば》る。

食べ飽きた味にげんなりしつつも、俺のやる気は燃えていた。

『だったら冒険者として稼《かせ》ぎまくって、この星の美味いもん食べ尽くしてやるぜ！』

『相変わらず、やる気の出し所が低俗《ていぞく》ですね』

『庶民派《しょみん》なんだよ俺は……って言ってるうちに着いたみたいだぞ』

目の前の巨大な建物には、冒険者ギルドと大きく書かれていた。

物々しい格好の連中が出入りしている。

『どうやらここが冒険者ギルドとやらのようですね』

『入ってみるか』

俺は扉を開け、中に入った。

中に入るとギルドの中はチープで雑多な雰囲気《ふんいき》だった。

乱雑に物が置かれており、椅子《いす》やテーブルも木造りの簡素なものが並んでいる。

鎧兜《よろいかぶと》を纏《まと》った剣士、引きずりそうなほど長いローブを着た老人、筋骨隆々で上半身裸のおっさん等々……個性的な恰好《かっこう》をした連中がテーブルに座り酒を飲んでいる。

どうやらギルドというのは随分緩《ずいぶんゆる》いというか適当な組織なようで、気楽なのが好みの俺としては好感が持てる。……おっ。

すぐ前方、カウンターの奥に一人の女性が立っていた。

メイドエプロン姿の女性、美しい亜麻《あま》色の髪を後ろで結え、括《くく》っている。

どうやら受付嬢か何かのようだ。整った容姿ではあるが冷たい印象ではなく、人懐っこい笑顔の美人。

加えて巨乳。俺のどストライクである。

俺はまっすぐ進むと、その女性の前に立つ。

「こんにちは、美しいレディ。よければ今夜、ディナーでもどうかな？」

「は、はぁ……どちら様でしょうか……？」

「アレクセイ＝ガーランド。愛の旅人です」

決め顔でそう言うと、受付さんは目を丸くしている。

どうやらいきなり愛を囁《ささや》かれ、照れているようだ。

だがすぐに状況を理解したようで、ぽんと手を叩く。

「……あぁ、旅人さんですか。ということは冒険者登録に来たのですね！」

「ええそうです。その通り。どうやら俺のことはなんでも見透かされているようだ」

「あはは、この町に来たばかりなら身分証が必要ですものね」

「はい、加えて言うならあなたのような美しいレディの愛も」

そう言って受付さんの手を取る。

小さくて柔らかく、可愛《かわい》らしい手だ。

うーん、頬ずりしたい。

「おい」

そんな至福の時間を邪魔する声。

振り向くとそこには傷顔の大男が立っていた。

何故か妙に殺気立っており、鋭い視線で見下ろしてくる。

「てめぇ新入りのくせにミラに手ェ出してんじゃねぇぞ」

「ほほう、ミラちゃんというのか、可愛い名前だ」

俺は受付さん改め、ミラの方を見て言った。

ミラは乾いた笑みを浮かべている。

「おいコラ、無視してるんじゃねぇぞ！」

男の言葉と同時に聞こえる風切り音。

即座にしゃがむと、頭上を男の拳が通り過ぎた。

風で俺の髪が揺れる。

「危ないな。ミラちゃんに当たったらどうするつもりだ」

「当たらねぇよ。てめぇが避けなければ……なっ！」

何が気に入らないのか、男は拳を振り上げて殴《なぐ》りかかってきた。

「ロイさん！　やめて下さい！」

「悪いが聞けねぇな。新入りに根性入れるのはBランク冒険者であるこのロイ＝バルドル様の仕事だ」

振り下ろされる拳をひょいと躱《かわ》す。

名残《なごり》惜しいがミラの手を離し、攻撃を避けながら開けた場所に移動する。

「おー！　やれやれ！」

「ロイに銀貨二枚！」「俺は三枚だ！」

いつのまにか酒を飲んでいた連中が盛り上がり、賭《か》けを始めていた。

殆《ほとん》どロイが勝つ方へ賭けているようだった。

「ふん、見る目がない奴らだぜ」

とん、とん、とステップを踏みながら、拳を構える。

一応軍の訓練で、ボクシングは習得済みだ。

「なんだ？　ダンスのつもりか？　そりゃあ……よっ！」

懲《こ》りずに大きく振りかぶり、殴りかかってくるロイ。

相変わらず予備動作も大きく狙いもわかりやすい、大振りのテレフォンパンチだ。

俺から見れば止まって見えるような攻撃である。

軽くスウェーで躱し、ワンツーを顔面に叩き込む。

「ツッ……くそがっ!?」

呻《うめ》き声をあげるロイだが、ちょっと鼻血が出たくらいだ。

よし、手加減にも慣れてきたな。力を込めなければゴブリンをミンチにしたときのような破壊力は出ない。

ロイは怯《ひる》みながらも反撃を繰り出してくるが、当然躱す。

「今度はこちらからいくぞ」

ロイの攻撃をダッキングで躱し、懐《ふところ》に潜り込む。

そしてアッパーカット――を繰り出そうとした俺の顔面に、透明な壁が激突した。

『あ、申し訳ありません。アレクセイ』

それは姿を消していたシヴィが、俺の移動線状にいたのだ。

激痛に顔を押さえてうずくまる。

「ってぇぇ……くそ、俺の高い鼻が……」

思い切り鼻にぶち当たったじゃないか。

なんでそんなところうろちょろしてるんだよ。もっと離れていろというに。

鼻、曲がってないだろうな……押さえて確認するが……うん、なんとか無事のようだ。

「あーあ、やはりロイの勝ちかぁ」

「もしかしたらと思ったんだがなぁ」

観客たちの盛り下がる中、ロイは何が起こったか理解出来てないようだった。

避けられ、手ごたえのなかったはずの攻撃が何故か当たったことになっているのが不思議なようである。

それでも視線を自分の拳から俺に移した。

——やるか？　俺も立ち上がり拳を構えようとした、その時である。

「ロイさんっ！」

ミラのストップがかかった。

カウンターから身を乗り出し、ロイを睨《にら》みつけた。

「いつもいつも新人さんに因縁《いんねん》つけてケンカして、仲良くしなきゃダメでしょ！」

「お、おいミラ、俺はお前のことを守ろうとしてよ……」

「言い訳は無用です！　私、乱暴な人は嫌いっ！」

ぷいと頬を膨《ふく》らませるミラに、ロイはタジタジだ。

おっ、いいぞざまぁないぜ。

ここは追い打ちを掛けておこう。

「そうだそうだ。暴力反対ー」

「な……テメェ女の後ろに隠れやがって──」

「おおっと」

殴りかかってくるロイから身を躱した瞬間である。

ぷにん、と顔に柔らかい感触が当たる。

ん？　なんだこりゃ。思わず手を揉《も》むたびに、ふにふにと形を変えていく。

顔を離すとそこには真っ赤な顔のミラ。そしてさっきまで顔をうずめていたところにはミラのおっぱいがあった。


「きゃあああああああああっ!!」


スナップの利《き》いたいい平手打ちが俺の頬を引っ叩《ぱた》き、ぱち───んといい音が鳴り響いた。

「何するんですかっ！」

「いやその、こいつは不可抗力《ふかこうりよく》ってやつでだな……ついっていうか……」

「ついじゃありません！　出禁《できん》にしますよ！」

「そ、そりゃ困る……頼むぜミラちゃん。許してくれよ」

「……わざとじゃないんですね？　なら二度としないでくださいよっ！」

「へーい。すんません」

ここは大人しく謝っておくか。

うーん俺ってば素直。ロイたちがすごい睨んでいるがきっと気のせいだろう。

◇

「はい、これでアレクセイさんの冒険者登録が完了いたしました」

何枚か書類を書かされ、俺の冒険者登録はあっさり終わった。

先刻平手打ちされた俺の頬《ほお》はまだジンジンと腫《は》れていた。

「まずはFランクから始まり、仕事をこなしていくにつれてE、Dと上がっていきます。まずは一人前と言われているDランクを目指しましょう。ちなみにFランクの仕事はこんな感じですね」

ずらっと並べられた書類には、薬草採取や溝掃除《みぞそうじ》、町の清掃《せいそう》や草刈りなど、およそ冒険者らしからぬ依頼が書かれていた。

報酬金《ほうしゅうきん》は各々《おのおの》銅貨5枚から7枚程度だ。

これじゃあビール一杯飲んだら終わりじゃないか。

「おいおいなんだこりゃ？　老人会のボランティアでももうちょいマシな仕事があるぜ？」

「それだけ数をこなせばいいのですよ。それに下積みは大事です。幸いアレクセイさんは元気があり余っているようですしね」

顔は笑っているが、さっきから妙に冷たい。

「えーと……ミラちゃん怒ってる」

「怒ってなんていませんよー。ふふふ」

笑っているが明らかに怒っている。

目が怖い。

『あなたが悪いのですよアレクセイ。いきなり胸なんて揉むから』

『わざとじゃねーよ。不可抗力だっつーの』

こちとら長い兵役期間、堅苦しい軍で禁欲生活を強《し》いられてきたのだ。

手が勝手に動いたとしても不思議ではないだろう。

エロサイトはウィルスにやられる可能性があるからと閲覧《えつらん》を禁止され、このご時世に雑誌のピンナップをオカズにしなきゃならん気持ちは機械にはわかるまい。

「……アレクセイさん？」

ミラは不思議そうに俺の顔を覗《のぞ》き込み、首を傾《かし》げる。

長い亜麻《あま》色の髪がさらりと頬を撫《な》で、いい匂《にお》いが微《かす》かに香る。うん、可愛《かわい》い。キスしたい。でもそんなことをしたら今度こそ口も利《き》いてくれなさそうだし、我慢だ。俺は我慢のできる男なのだ。

「あぁはい。すみませんね。ぼうっとしてて……えーとつまりFランクの俺は、この中からしか仕事を選べないと」

「はい、ですので他のお仕事をしながら空いた時間にやるのをお勧めします。ですがもう少しランクが上がれば生活には困らないと思いますよ」

「なるほど……おっ、これなんかいいんじゃないか？」

依頼書の中から見つけたのは、ゴブリンの巣穴を潰してほしいというものだ。

報酬は銀貨10枚。

大体一食分が銅貨10枚と換算して、銀貨10枚あれば三日はメシに困らない計算になる。

「ゴブリンの巣穴潰し……ですか。アレクセイさん、申し訳ありませんがその依頼はパーティ向けでして、やるなら誰か誘ってからの方が……」

「そうなのか？」

「ええ、ゴブリンは単体では強力な魔物ではありませんが、群れの討伐《とうばつ》は危険度が高めです。ソロで挑むのはもっと経験を積んでからの方がよろしいかと」

やんわりと断られてしまった。

ゴブリンならさっき倒したし、いけると思ったんだがな。

仕方ない、他の仕事を探すか。

と思っていたら、ロイがずいと進み出た。

「なら俺がついて行こう」

「ロイさん!?」

「Bランク冒険者の俺がついていくなら問題ないだろう?」

「それはまぁ……構いませんが……」

「決まりだな」

「いや、勝手に決めるんじゃねーよ」

俺はロイの提案に即座に抗議する。

「何が悲しくてお前みたいなおっさんについてこられなきゃならんのだ。だったら俺はミラちゃんと行く」

「いや、私は行きませんから!」

「大丈夫だよハニー、俺が守ってあげるさ」

「いや、行かないと言ってるでしょう!?」

遠慮《えんりょ》しているのだろうか。全《まった》く可愛いぜ。

「じゃ、決まりだな。このロイ様がついていってやるからありがたく思えよ。それとも他の依頼をやるかい？」

　ニヤリと笑うロイ。

　……むぅ、確かに才気溢《あふ》れるこの俺が草むしりやドブさらいをやって時間を無駄にするのは世界の損失だ。

　ここはさっさとランクを上げる為に、ロイと組むのもやむなしか。

「……チッ、仕方ないな。足を引っ張るんじゃねぇぞ。おっさん」

「誰がおっさんだ！　俺はまだ28だ！」

　同い年かよ。見えねー。

　ともあれ俺はロイの同行を認めることにしたのだった。

◇

「さて、行くとするぜ、アレクセイ！」

「……あー」

　俺が不機嫌そうな返事をすると、ロイは大きな手で俺の背中を叩いた。

「そう警戒するなよ。別に何か企《たくら》んでるわけじゃないぜ」

「どうだか。会ったばかりの人間を警戒するのは当然だろう」

戦場では命乞《いのちご》いをしてきた敵に、背中から撃たれることもある。ましてやいきなり殴《なぐ》りかかってきたような野蛮人《やばんじん》だ。

警戒しない方が無理である。

「俺はお前に興味を持ったんだ。さっきの体捌《さば》き、只者《ただもの》じゃなかった。お前の実力が見たくなってな」

「おっさんに興味を持たれるくらいなら、ミラちゃんに興味を持たれたかったぜ」

「そうなりたければ冒険者として活躍し、ランクを上げることだな。Aランク冒険者ともなりゃ女たちが放っておかないぜ？」

「何？　どういうことだ!?」

食いつく俺にロイは言葉を続ける。

「冒険者は基本、安定しない根無し草だ。下位の内は全くと言ってもいい程モテないが、上位になれば話は別だ。俺はBランクだが、ひと月の報酬額は最低でも銀貨五百枚を超えるんだぜ」

「ほう」

銀貨五百枚ってーと五百食分である。

このおっさんがモテているかどうかはさておき、かなり余裕のある暮らしができているのは間違いないだろう。

ギルドにいた他の者たちに比べて、ロイは明らかに身ぎれいにしているからな。

「あらロイさん。今からお仕事？」

「また遊びに来てねぇー」

美人のお姉さんたちが声をかけてくるのに、ロイは手を振って返している。

ぬぐっ！　こ、こんなおっさんがモテているだとぉーっ!?

俺が口をパクパクしていると、ロイはキザったらしく笑う。

「ま、こんなところだ。どうだいアレクセイ、少しはやる気になったんじゃねぇか？」

むむむ……うらやまけしからん。だがこんなおっさんがモテてるなら、俺ならこの倍、いや十倍はモテるに違いない。

ふふ、ふふふふふ。モテる上に金も稼《かせ》げるとなれば、やらない手はないぜ。

俺が軍に入ったのも、モテるし給料がいいからだ。

確かに軍隊に入った時は女の子にモテた。

だが軍には女の子がいない。

休暇で町に帰るまでは右手が恋人なのである。

しかし冒険者なら比較的気ままに過ごせそうだし、美女とのロマンスも期待できそうだ。

よし、その為ならこの男を利用してやろうじゃないか。

「よっしゃあ！　さっさとゴブリンどもを全滅させて報酬を頂くぞ！　おい何してんだおっさん！　早く来いっての！」

「やれやれ、現金だねぇ。……まぁいい。依頼場所は北の山にあるようだな」
ロイの指差す方向、約50キロほど先に小高い山が見えた。
あれがそうだろう。30分も走れば着きそうだ。
『シヴィ、ゴブリンの巣穴の位置はわかるか？』
『確認中……わかりました。ここからまっすぐ行って少し登った中腹付近です』
『わかった。位置をロックしておいてくれ。近づいたら詳細位置を頼む』
『了解』
シヴィにそう指示しておく。
これで位置は問題なし。
「よし、行くか」
そう言って俺はゴブリンどもを殲滅《せんめつ》すべく、駆け出した。
視界がすごい勢いで流れていく。
普段通りの駆け足で。全力ではないが長距離を無理なく走れる程度の速度だ。
それでも時速40キロは出ているだろうか。
『アレクセイ、そんな速度で走ったらロイがついてこられないのでは？』
『いいんだよ。それなら俺一人でやるだけだ』
08の支援もあるし、俺自身の身体能力も規格外だ。

ゴブリンとも一度戦って瞬殺してるし、どう考えても負ける要素はないので別にロイの協力など必要ない。

微妙に死亡フラグっぽいが、問題ない。多分。

「おっ、中々速いじゃないか」

そんなことを考えていると、ロイが俺の横を走っていた。

「その足の速さ、『斥候《せっこう》』のジョブを持っていやがるな？　だが俺も『斥候』持ちでね。簡単に置いていかれはしねぇぜ？」

「『斥候』？　なんだそりゃ？」

「何言ってんだ。ステータスに表示されてるだろう」

ロイの言う通りステータス画面を見て見ると、名前の下にジョブ、なしと表示されていた。

そこに意識を集中させると、ジョブを設定しますか？　と出たのでイエスと答える。

すると『戦士』『斥候』『魔術師』『僧侶《そうりょ》』『商人』とジョブがずらっと出てきた。

そういえば前に魔物を大量に倒した時、いっぱいウインドウが出てきて、新たなジョブを獲得したとかなんとかあった気がする。

うっとうしかったのですぐ閉じてしまったが、これがロイの言うジョブというやつだろうか。

早速『斥候』をセットしてみる。

アレクセイ＝ガーランド
レベル86
ジョブ　斥候
力A＋
防御C
体力B
素早さS
知力SSS
精神S
パッシヴスキル
移動速度上昇C　気配察知C

途端、身体《からだ》が軽くなって移動速度が上がり、疲れも全く感じなくなった。

この『移動速度上昇』とやらのおかげだろうか。

更に『気配察知』は周囲の生物の気配を感じられるようだ。

俺の周囲約100メートルほどが、レーダーのように生物の気配を感じられる。

俺は訓練により敵の気配には敏感な方だが、スキルによる効果で空中も地下も鮮明に感じ取れる。

これは便利だ。隠れている敵の居場所もわかるし、不意打ちもされないな。

「お、おい！　ちょっと待て！　こらぁぁ！」

遥《はる》か後方から聞こえてくるロイの叫び声。

土煙を上げながら全力疾走で追いついてきた。

「ぜぇ、ぜぇ……て、てめぇコラ、そんなに速く走ったら……着いたときにへとへとになる、だろうが……」

「おー悪い悪い！　でも全然平気だからよ、俺のことは気にせずゆっくりきてくれや！」

「な、んだとぉ……！　言っておくが俺もまだ全然本気じゃねぇぞ!?」

カチンときた顔でロイは走る速度を上げた。

どうやらロイの対抗心に火をつけたようだ。

ハッ、おもしれぇじゃねぇか。俺もまた速度を上げる。

「まー俺も本気じゃないわけだが？　言っておくがこの倍の速度は出せるからよぉ？」

「ば……は、はーっはっはっは！　奇遇だな。俺もその倍は出せる」

「じゃあ俺はその倍の倍だぜ！」

「倍の倍の倍だオラァ！」

俺とロイはそんなことを言い合いながら、ゴブリンの棲《す》まう山へと向かうのだった。

◇

「ふぅ、はぁ、よ、ようやくついたか……」

がっくりと膝をつくロイの横で、俺は辺りを見渡した。

山には草木が生い茂っており、よく見れば獣が通ったような跡もある。

意識を集中させると、北西40メートルほど先に大きな生命反応を見つけた。

『あそこか？　シヴィ』

『はい。先刻の巣穴で間違いありません』

シヴィに確認し、俺はまた歩き出す。

「ゴブリンの巣穴を見つけた。行くぞ」

「ぜぇ、はぁ、……お、おうよ！」

息も絶え絶えといった様子だが、ロイはなんとかついてくる。

中々根性があるな。軍でもやっていけそうだ。スカウトをするつもりはないがな。

俺は歩幅を狭め、音を消し近づいていく。

岩にぽっかりと出来た洞穴《ほらあな》の周りに、ゴブリンが五体いる。

ゴブリンどもは俺たちの接近には気づいてないようで、欠伸《あくび》をしたり何か餌《えさ》のようなものを喰らっていた。

「あのゴブリンどもは近くの農家を襲い、家畜や野菜を盗んでいやがるんだ。放っておくといくらでも増える。早く退治しなきゃならん。俺は左の三体をやる。アレクセイ、お前は右の二体をやれ」

「俺に指図するんじゃねーよ」

俺は人に指図されるのが大嫌いだ。

それ故、軍人時代は問題を起こしまくっていたが、今はもう軍人ではない。

誰かの指図で動くなんてまっぴらごめんである。

「お前、『斥候』だろ？　『戦士』のジョブを持つ俺が多く倒してやるって言ってんだよ。……行くぞ」

言うが早いか、ロイは剣を抜いて飛び出し、ゴブリンどもに斬《き》りかかる。

チッ、勝手な奴だ。先輩風を吹かしやがってよ。

あのまま放っておいても一人で倒してしまいそうだが、『戦士』のジョブも試してみたいところである。

俺はステータス画面を開き、『戦士』のジョブをセットした。

アレクセイ＝ガーランド

レベル86
ジョブ　戦士
力SS
防御S
体力SS
素早さA
知力SSS
精神S
パッシヴスキル
武具修練C　戦闘技術C

ほうほう、武具修練の効果は武器防具の扱いが上手《うま》くなり、装備した際のステータスが上がるようだ。

そして戦闘技術はランクが上がると、戦士スキルを覚えることが出来るらしい。

武器というと腰にサバイバルナイフを差しているが、このパワーで使ったら壊れそうで怖いな。

あれ結構高かったし、ゴブリンの持っている短剣で試してみよう。

俺はロイに気を取られているゴブリンにまっすぐ突っ込んでいき、ナイフを持つ手を捻《ひね》りあげる。

バキバキと音がして、ゴブリンの腕が何回転もして千切《ちぎ》れた。

追撃の蹴《け》りと共にナイフを奪い取ると、ゴブリンは消滅した。

……武器、必要ないな。でも面白そうだし試してみよう。というわけで手にした短剣を構え直す。


――短剣を装備しました。

戦闘技術スキルが発動、短剣スキルが使用可能となります。

頭の中に声が響き、スキル欄《らん》に『連撃』という文字が追加された。

どれ、ちょっくら使ってみるかな。

俺はもう一体のゴブリンに向き直ると、『連撃』スキルを発動させる。

すると身体が勝手に短剣を振るった。

ざん！　と繰り出される斬撃《ざんげき》でゴブリンの身体は三つに分かたれる。

おかしいな。一回しか攻撃してないのに、まるで二回攻撃したかのようだ。……よしもう一度。

返す刃で今度は縦に斬撃を繰り出すと、ゴブリンの身体は六つに割れた。

やはりだ。一回の斬撃で二回攻撃が発生している。

なんとも妙だが、何もないところから発生する斬撃はかなり避けにくそうだな。これがスキルか、面白ぇじゃねーか。

「うおっと、短剣が砕《くだ》けちまったぜ。やっぱりサバイバルナイフを使わなくて正解だったな」

粉々になった短剣を捨てる。こっちとほぼ同時に、ロイの方も終わったようだ。

「おう、そっちも終わったみたいだなアレクセイ。もっと手こずると思ったがよ」

「ハッ、抜かせ。ま、オメーがくたばってたら置いていくつもりだったけどな?」

「ったく減らず口を……まぁいい。見張りも倒したし、巣に入るとするか」

洞穴の中に入ろうとするロイを止める。

「おいおい正気か？　こんな暗くて狭くて汚い所に入るつもりかよ」

「お前こそ何を言っている。巣穴は深いぞ？　中に入らなければ奥に潜むゴブリンどもを倒せないだろう」

ロイはのんきなことを言っている。

こんな場所に入ったら不意打ちやら包囲やら、され放題ではないか。

もっと広くて明るければまだしも、あまりに危険すぎる。

「穴に潜った害獣なんて、中に入らなくても倒す手段は幾らでもあるだろ全《まった》く……そこらに落ちてある枝を集めてくれ」

「む……構わないが……」

俺とロイは手分けして、木の枝を集める。

「長く太い枝を巣穴の中にこうやって組み込んで……出来た」

作ったのは枝を組み合わせたバリケードだ。

鋭い部分が巣穴の奥側を向いており、出てきたゴブリンどもを串刺しにする仕組みである。

手軽だが効果的なトラップだ。

「あとは余った細枝や木の葉を燃やし、煙を送り込めばいい」

『シヴィ、頼む』

『了解』

俺はバリケードの外側に木の葉を集めると、シヴィにそう命じる。

備え付けのライターを近づけると、集めた木の葉が煙を出し始めた。

『次は風だ。サーキュレーターを起動させてくれ』

『全く、ロボ使いの荒い人です』

更に、シヴィの送風口が開き、そこから風が吹き出す。

風で送られた煙は、巣穴の中に吸い込まれていく。

そしてジョブを『斥候《せっこう》』に変更、気配察知スキルにより巣穴の中のゴブリンを把握《はあく》しておく。

煙が奥まで届いていないかもしれないし、他の出口があるかもしれない。

穴の中は……よし、見える。

巣穴の中には敵反応が30。いくつか大きなものがあるが、ボス的な奴だろう。

「お、驚いたぜ……アレクセイお前『魔術師』のジョブも持っているのか」

俺の行動にロイは驚いている。

さっきの火も風も、シヴィの機能なんだがな。

まぁ『魔術師』のジョブは普通に持っているわけだが。

「ジョブを二つ持っている冒険者はB級でも少ない。お前ならそのうちB級も夢じゃないかもな」

「ま、ランクなんかにゃ興味はねーが、ミラちゃんに惚《ほ》れられる為ならAランクでもSSSランクでもなってやらぁ！」

「ハッ、デカい口を叩きやがる。だがまぁ、お前が言うと不思議と冗談に聞こえねぇ」

「冗談で言っているつもりはないんだがな……む」

そうこう言っているうちに、洞穴《ほらあな》の奥からギャアギャアとゴブリンどもの声が聞こえてきた。

穴から飛び出してきた最初のゴブリンが、真っ直ぐバリケードに突進して突き刺さる。

ギャ！　と短く悲鳴を上げ、消滅した。

続いて出てきたゴブリンも同様に次々と、バリケードに自ら当たりに行き、串刺しになっていく。

充満した煙は判断力と視界を奪い、目の前の敵にも気づかない。

これは戦場で防空壕《ぼうくうごう》に籠《こ》もる敵相手に用いられる戦法だ。

ゴブリンを倒した、とのメッセージが流れる。

25……20……10……おーおー、だいぶ減ってきたな。


「ギシャアアアアア！」


突如、穴奥から咆哮《ほうこう》が響く。

飛び出てきたのは通常のゴブリンより二回りは大きな奴だった。

そのゴブリンはバリケードを破壊し、続くゴブリンたちと共にこちらに突っ込んでくる。

それを見たロイが慌てた。

「やばい！　奴はトロールだ！　ゴブリンの変異種でとんでもないパワーを持っていやがる！

こんなのがいるってことは相当デカい巣だったのか……気をつけろアレクセイ！」

「ジャアアアアア！」

巨腕を振り上げたトロールは、バリケードに思い切り叩きつける。

一撃で粉砕《ふんさい》されたバリケードは粉々に吹き飛び、俺たちに降り注いだ。

「いでででっ!?　アレクセイてめー俺の陰に隠れるんじゃねぇ！」

「ふー、危ないところだったぜ」

俺は間一髪《かんいっぱつ》、ロイの背中に身を潜めて回避した。

「グルルルル……！」

唸《うな》り声を上げるトロール。

奴の破壊したバリケードから出てきたゴブリンどもが俺たちの周りを取り囲んだ。

「くそ、やるしかねぇ！　おいアレクセイ、お前『魔術師』のジョブがあるんだろう!?　俺が前衛に立つから魔術で攻撃してくれ」

「だから俺に指図するんじゃねぇ！」

とはいえあのデカいのに正面から斬《き》りかかっていくのは骨が折れそうだ。

そういう危ない役目はロイに任せておくか。

魔術ってのも面白そうだしな。というわけで俺はステータス画面を開き、『魔術師』のジョブをセットする。

アレクセイ＝ガーランド
レベル86
ジョブ　魔術師

力C
防御C
体力C
素早さC
知力SSSSS
精神SSS
パッシヴスキル
魔術C　鑑定C

これはまた極端なステータスである。

S五つとか並べすぎだろ。小学生かよ。代わりに身体能力はずいぶんマイナス補正が入るようだ。

『魔術』は魔術スキル使用可能、『鑑定』は物体について情報を表示するスキルで、ランクを上げるとその隠された能力も理解することが出来るというものらしい。

「くっ！　強すぎる……！」

その間、ロイはトロールと戦い始めていた。
だが両者の体格差がありすぎる。
喧嘩《けんか》では身長が10センチ違うだけでもかなり不利になる。
ロイとトロールでは倍以上だ。そう長くはもたないだろう。
懸念《けねん》通り、早くも防戦一方になっている。
とりあえず魔術とやらで援護してやるか。
魔術スキルに意識を集中させると、使用スキル欄《らん》が出てくる。

ファイアアロー
アイスショット
エアカッター

どうやら使用スキルはこれだけのようだ。
恐らくランクが上がる毎《ごと》に増えていくのだろう。
戦士と違って武器ごとに設定されているわけではなく、任意に使えるようだ。
俺はトロールに向け、ファイアアローと念じてみる。
ごおう、と目の前に炎が生み出された。

最初は拳大《こぶしだい》だったそれは、凄《すさ》まじい速度で大きくなっていき、早くも直径1メートルを超えようとしている。

ヤバい、そう思った俺は即座にファイアアローを放つ。

炎は一筋の矢になって、勢いよく飛んでいくとトロールの頭に命中した。

ぐらり、と巨体をよろめかせ、トロールは倒れてしまった。

「ん？　一発かよ。おいおいお前が言うほど強い魔物じゃないんじゃねーの？」

俺が軽口を叩いていると、ロイは驚愕《きょうがく》の表情を浮かべこちらを見ている。

やれやれ、そんな羨望《せんぼう》のまなざしで見つめられちゃあ照れちまうぜ。

ったく男にモテても仕方ないんだが、まぁ俺は優しいからよ、あとでサインでも書いてやるかなー。

「アレクセイ！　後ろだ！」

「……へ？」

振り向くと興奮したトロールが俺目掛けて拳を叩きつける寸前であった。

げ、まだ生きてたのかよ。ヤバい。これは避け切れない。

「グオオオオオオ！」

咆哮《ほうこう》と共に振り下ろされる一撃。だが……痛くない？

トロールの一撃はロイが身体《からだ》を張って受け止めていた。

「……へっ、大丈夫かよ。アレクセイ」

俺の方を向くロイの額からは血が垂れていた。

「グオオオオ！」

咆哮《ほうこう》と共に拳を叩きつけるトロールだが、ロイは俺の前に立ったまま動こうとしない。

トロールの連打を時に避け、時に受け止めている。

「馬鹿野郎！　何故避けない！」

「ふっ、後輩冒険者を守るのは先輩である俺の役目だからな。それに俺が前衛でお前が後衛だって言っただろ？」

血を流しながらも笑みを浮かべるロイ。

……ちっ、先輩風を吹かしたいだけの奴かと思ったが、中々男気のあるやつじゃねーか。

だがそういう奴は嫌いじゃねーぜ。

「仕方ねーな。人の指図を聞くのは大嫌いだが、特別に今回だけは聞いてやるよ」

俺はもう一度ファイアアローを使用、するとかざした手に炎が集まっていく。

——まだだ。今度は一撃で倒せるほど十分に溜める。

よし、よし、よーし……炎は溜めることで、先刻の五倍ほどの大きさになっていた。

大きさだけではない、力強さも相応である。

これなら——いける。

「くらいやがれぇぇぇえっ！」

ずずん！　と投げつけた炎が火柱を上げ、トロールを包み焼く。

断末魔《だんまつま》の叫びを上げて崩れ落ちるトロールは、今度こそ炎の中で消滅していく。

渦巻《うずま》く炎は周りにいたゴブリンどもも巻き込み、辺りの敵を全滅させてしまった。

おお、溜めると威力が上がるのか。

どこぞの青メットを被《かぶ》った人型ロボットのバスターみたいだな。

「ってそんな場合じゃないな。おい、大丈夫かロイ!?」

俺はロイに駆け寄り抱き起こす。

息を荒らげているが、命に別状はなさそうで安堵《あんど》する。

「そんな心配そうな顔するな。俺なら平気さ」

「……ふん、ヘロヘロの癖《くせ》にへらず口を叩いてんじゃねーよ」

俺はロイの肩を担《かつ》ぎ立ち上がる。っとと、重てぇな。

「アレクセイ、お前……」

「ハッ、こんなおっさんを担ぐことになるなんてな」

これが美女なら、胸の当たる感触の一つも楽しめるもんだが、野郎の胸筋じゃただ硬いだけだ。

……ま、こういうのも悪くはないがな。

俺はやれやれと苦笑を浮かべながら、町へと歩いていくのだった。

◇

「なんと……こんなに早く依頼を達成したのですか？」

「あぁ、早く帰ってミラちゃんに会いたくてね」

町に帰った俺は、早速ミラに報告した。

どうやら受けた依頼をこなすと自動でギルドに報告が行くらしく、戦利品や魔物の首などを持ち帰る必要はないようだ。

シヴィ曰《いわ》く、トロールを倒した瞬間に少量の魔素がギルドへと向かったらしい。

星一つを一つの基盤として考えると、魔素が電気回路の役目をしているといったところか。

条件を満たせばクエスト完了のフラグスイッチが入り、依頼をこなしたことになると。

逆に言えば不正は出来ないんだろうな。

「実際大したもんだったぜ。こいつはジョブを二つも持ってるし、戦闘能力も俺に引けを取らねぇほどだ」

ロイの言葉に全員がざわつく。

「ジョブを二つ!?　しかもロイと互角だと？　ありえねーだろ……」

「信じられねぇがロイを抱えて帰ってきやがったしな、マジかもしれねぇぜ」

他の奴らはどうでもいいが、ミラが目を丸くして驚いているのは可愛《かわい》い。

よし、今がチャンスだ。俺は早速口説《くど》きにかかる。

「どうだいミラちゃん。よかったら俺の無事を祝って今夜一緒に夕食でも……」

「遠慮《えんりょ》しておきます」

ミラの手を取ろうとしたが、ひょいと躱《かわ》されてしまった。

どうやら照れているようだな。やはり可愛い。

「こほん、とはいえお仕事は評価せねばなりません。報酬《ほうしゅう》の銀貨十枚です。受け取ってください」

「へへ、ありがたいね」

これでまともな飯にありつけるってもんだ。

俺がミラから報酬の入った袋を受け取った。

そして早速袋の中に腕を突っ込んで、銀貨を五枚抜く。

「じゃあこれはロイの取り分な」

「おいおい、半分は多すぎるだろ。三枚でいいよ。お前さん、文無《もんな》しなんだろ」

「お前に借りは作りたくねぇ。受け取れ」

俺が押し付けると、ロイはため息を吐きながら受け取った。

「やれやれ、強情だねぇ。仕方ねぇな。俺もお前に借りを作りたくはないし……なぁミラ、こいつのランクアップを申請したいんだが構わんか？　こいつは下の方で燻《くすぶ》っている器《うつわ》じゃねえ。さっさと上にあげた方がギルドの為になるだろうぜ」

「ランクアップですか？　流石《さすが》にすぐには……ですがロイさんがそこまで言うなら、本部に申請しておきます」

ミラはそう言って、奥へ入っていった。

あっくそ、まだ口説くのは諦めてなかったのに、いらんことしやがって。

俺が睨《にら》みつけると、ロイは親指を立てて返してきた。グッジョブじゃねーよ。

◇◇◇

「ぷはぁー！　美味《うま》い！」

報酬を手に入れた俺は、真っ先に酒場に駆け込んだ。

ビールを三つ、骨付き肉を五つ頼み、それを思うまま頬張《ほおば》っていく。

硬くて筋張《すじば》った肉だが、噛《か》むたびに肉汁が染み出てくる。

それをビールで流し込む……至福の時である。

『食べすぎですよアレクセイ、一日の摂取《せっしゅ》カロリーを５０００もオーバーしています』

『バカ、いいだろ今日くらい。やっとまともなもん食べられるんだからよ。食べて飲んで食べて飲む、これぞ幸せってやつよ』

『はぁ……それは構いませんが、宿代くらいは残しておいた方がいいですよ』

『なに、いざとなりゃあ野宿でもなんでもするさ。とにかく今は肉だ』

シヴィの忠告を無視し、俺は食事を続ける。

一仕事終えた後の肉と酒に勝る楽しみはない。

後は女がいれば最高なんだが……むぅ、ミラを誘えなかったのは痛いぜ。


「あの……アレクセイさん？」


そんな俺の後ろから、女が声をかけてくる。

鈴の音《ね》のような美しい声だ。

もしや俺の噂《うわさ》を聞きつけた美女か？

「なんだいお嬢さん？　俺に何か用かな？」

即座に振り返った俺が目にしたのは、やたらと背の低い少女だった。

フードを目深《まぶか》にかぶったその隙間《すきま》から覗《のぞ》くのは、美しい金髪とくりっとした大きな瞳。

見たことのある少女だった。

『この子、リルムですよ』

『むぅ……わざわざ会いに来たってのか……？』

それだけの熱意、何故美女から向けられないのか。悲しい。

「その胸に光るプレート……よかった！　無事冒険者になられたのですね。あの、それで一つお願いに来たのですが……！」

「あー、悪いな。今飯食ってるんだ。後にしてくれ」

食事の邪魔をされるのは好きじゃない。

リルムの言葉を遮《さえぎ》り、肉を頬張る。

シヴィが白い目（勿論《もちろん》目はない、そういう雰囲気《ふんいき》というだけである）を向けてくるが気にしない。

「は、はぁ……わかりました……」

リルムは大人しく椅子《いす》に座ると、俺が食べ終わるのを待つのだった。

「ふぅ、食った食った」

いやぁ久し振りのまともな食事だったな。

「あの！　それでは話を聞いていただけますか？」

「おう、なんだいリルム」

「……えと、耳を貸してもらえます？」

さっきからリルムはキョロキョロと辺りを見渡し、周りを気にしている様子だ。

見つかってはマズいことでもあるのだろうか。

例えば家出とか。……その手伝いをしろってんじゃないだろうな。

俺が露骨に嫌な顔をしかけた時である。

「実は、私の頼みというのは姉のことで――」

リルムの言葉に俺の耳がピクンと動く。

「我がスフィーブルム家は昔からこの町を取り仕切っておりました。ですが最近、商会の者たちが自分たちに町の利権を全てよこせと言ってきたのです。どうやら上層部に危険思想の人間が入ったのだろう、と父は言っておりました。勿論《もちろん》父は毅然《きぜん》として断りました。ですがそれに逆上した連中は私の姉に目をつけたのです。使用人に化けて侵入し、毒を盛り……今は意識不明の状態です。私はその姉に効果がある薬草を手に入れる為に、森に行きたいのです。町の人間は商会の息がかかっており、信用できません。先日も荒野でいきなり置いてけぼりにされて……アレクセイさん、どうか森まで護衛をお願いできないでしょうか？」

長々と語るリルムだが、俺が聞きたいのは一つだ
「……美人のお姉さんがいるのか？」

「え？　ええまぁ……皆にはよくそう言われてはおりますが」

目を丸くするリルムの顔をじっと見つめる。

リルムは確かに可愛らしい顔をしているが、まだ幼く俺の守備範囲外だ。

しかし姉がいるとなれば話は別。間違いなく相当の美人だろう。

「ちなみに何歳だ？」

「えーと……今年で21になります」

しかもストライクゾーンど真ん中である。

うんうん、よいね。

美人のお姉さんとお近づきになるには、リルムの依頼を受けるのはやぶさかではない。

俺はにんまり笑うと、リルムの手を取り真っ直ぐに見つめる。

「――わかった。俺に任せろ。森に案内してくれ」

「は、はいっ！」

リルムはほんのりと頬を赤く染め、頷《うなず》いた。

◇

「ここから町の外へ出ることが出来ます」

鞄《かばん》から出したカギを外壁に取り付けられたカギ穴に差し込むと、扉が開いた。

「隠し扉か」

「何かあった時はこれを使えと……本当はあまりよくないのですが、事情が事情ですので」

しー、と人差し指を唇に当てるリルム。

俺たちは暗闇の中、町の外へ出た。

荒野を進む際、リルムは何度も振り返りながら進んでいた。

「大丈夫だ。追っ手は今のところ来ていないぞ」

ジョブは『斥候《せっこう》』にしてある。

近づく者があれば俺には察知可能だ。

「森はどっちだ？」

「あちらです。少し遠いですが……」

リルムの指差した先は、08が墜落《ついらく》した付近である。

ということは60キロくらいだったか。リルムの歩調に合わせたら数日かかるな。

俺はリルムを抱えあげると、背中におぶった。

「少し飛ばすぞ。しっかり掴《つか》まっていろ」

「え？　あ……ひゃ――」

そのまま走り出すと、ぐんぐんと景色は流れていく。

リルムを背負っているのでやや抑え気味ではあるが、それでも時速30キロは軽く出ている。

「は、速いです！」

「お姉さんが待っているんだろう？　リルムも頑張れ」

「そ……そうですね。はい！」

そう言うと、リルムは俺に掴まる腕に力を込めるのだった。

「でも、アレクセイさんに会えてよかったです」

しばらく走っていると、リルムにも余裕が出てきたのか声をかけてきた。

「屋敷の者やギルドにもお願いしたのですが、商会に先回りされて圧力をかけられ、力になってもらえませんでした。セシルは父の護衛で動けないし、あそこでアレクセイさんに会えなかったらどうなってたことか……何度礼を言っても足りません」

「リルムの為じゃないさ」

美人のお姉さんの為である。

しかしそんな美人に毒を盛るとは許せない連中だ。

「アレクセイさん……私に気を遣わせまいと？　なんて優しい人なのかしら」

本当に全然そんなつもりではなかったのだが……リルムは俺を見て頬を赤く染めている。

何か誤解されている気がする。まぁいいか。

今のところ周囲に近づいてくる気配はないし、追っ手は来てないようだな。

だがリルムの行動がチェックされてるなら、俺と会って町を出ていることはすでに知られているかもしれない。

一応気にしておくべきだろう。

「あ、この辺りです！」

そんな話をしていると、森が見えてきた。

俺は速度を落とし、立ち止まる。

「この森にビビラ草という草が生えており、医者の話ではそれが姉の毒への特効薬になるとか」

「ビビラ草、ねぇ。どんな草だ？」

「えぇと……こんな感じです」

リルムはごそごそと取り出すと、アサガオのような植物が描かれた紙を取り出した。

「この花のつぼみには解毒効果があり、これを与えれば姉は治るそうです。集めてきます！」

「といってもなぁ……」

捜索範囲はあまりに広大である。

普通に考えて探せるとは思えないな。

リルムは草むらに飛び込んで一本ずつ草を見ているが、何日かけても終わる気がしない。

あ、そうだ。あれを使えば……ふと思いついた俺は、『魔術師』のジョブをセットする。

ジョブスキルである鑑定は手に取ったアイテムの情報を表示するというものだ。

これを使えばなんとかなるかもしれない。そう思って俺は近くの草を触ってみる。

カマロ草、どこにでも生えているごく普通の草。
葉の蜜を食べることが可能。

予想通りだ。
更に右腕に意識を集中し、草むらの中に突っ込む。

ハナススキ、群生しいくらでも増える。背が高く獣が身を隠している。
ミナズキソウ、水場に生えるが陸地でもよく増える。
ゴボウギ草、苦味があるが擦り傷に効く薬草となる。

一気に情報が流れてくる。
うぐおっー？　目の前がチカチカするじゃねーか。
だがシヴィを使えば問題はない。
『シヴィ』
『なるほど、そういうことですか。了解しました』
シヴィは俺のやりたいことを理解したようである。

「リルム、少しそこで待っていろ」

「え……？」

呆《ほう》け顔のリルムを置いて、俺は草むらの中に飛び込んだ。

全身に意識を集中させながら、走る。

ミミズ花、ウネウネと動く花で、昆虫を捕らえ養分とする。

ハナススキ、群生しいくらでも増える。背が高く獣が身を隠している。

ギシミシラの木、ごく普通の木。樹液が美味《うま》く幹には昆虫が集まる。

モリオケラ、水の中を泳いだり、空を飛んだりと行動範囲の広い昆虫。

ミナズキソウ、水場に生えるが陸地でもよく増える。

ゴボウギ草、苦味があるが擦り傷に効く薬草となる。

凄《すさ》まじい速度でメッセージが流れていく。

走るのに集中している俺には、それを理解するのは不可能だ。

だが高性能コンピュータを積んであるシヴィは別である。

現在俺の脳内で流しっぱなしにされている大量の情報を精査、記録させている。

こうすればビビラ草に触れればすぐに——

『ありました。先ほど右足に触れたのがビビラ草です』

『わかった』

俺は立ち止まり少し戻ると、右足の足跡を探す。

すると……あった。

紙に書いてある通りである。手にとってまじまじと見る。


ビビラ草、あらゆる毒に効果がある薬草。群生しておらず、希少である。


鑑定の結果、リルムの言う通り薬草としても効果があるらしい。

自分用に多めに採っておいてもいいかもしれない。

俺はビビラ草を引き抜くと、また森の中を走り出した。

◇

「こ、こんなに見つけて下さったのですか!?」

両手一杯に抱えたビビラ草を見て、リルムは目を丸くしていた。

「ありがとうございます。無理かと思っていたのですが……」

よほど嬉しいのか、リルムは涙ぐんでいた。

「だがちょっと採りすぎたかもしれないな。待ちきれないぞ」

「あはは、『商人』のジョブがあればアイテムボックスが使えたのですけれど……大丈夫ですよ。ポケットに入るだけで姉は十分に治せますので」

「『商人』か……」

俺はジョブを『商人』にセットする。

アレクセイ＝ガーランド
レベル86
ジョブ　商人
力A
防御B
体力SS
素早さB
知力SSS
精神S
パッシヴスキル

売買上手C　アイテムボックスC

するといきなり、メッセージが頭の中を流れた。

所持量限界です。ビビラ草をアイテムボックスに入れますか？


俺が〝はい〟を選択すると、手にしていたビビラ草が一瞬にして消滅した。

それを見て慌てるリルム。

「え!?　な、何をしたんですか……？」

「これがアイテムボックスか」

ステータス画面にアイテム所持欄《らん》が表示され、そこにはビビラ草×165と書かれていた。

『次元領域を操作しているのでしょうか？　かなりの技術が使われていますね』

『ゲーム的には普通だけど、結構高度な技術だよな』

次元領域への干渉は一般には行き届いてない高度な技術である。

どうやらこの星を作った連中、かなりの技術者のようだな。

ともあれ任務達成である。待ってろよ、美人のお姉さん。

少し試してみたが、アイテムボックスは『商人』のジョブを外しても効果が持続するらしい。

取り出す際はまた『商人』にしなければならないが、そのくらいの手間なら問題なし。

俺は改めて『斥候《せっこう》』のジョブをセットする。

「さぁ、早く帰りましょう！」

急《せ》かすリルムだが、俺はふと立ち止まる。

「どうしたんですか？　アレクセイさん」

「……何者かが近づいてくる」

気配察知スキルにより、俺たちを取り囲むように動く気配を感じ取る。

『シヴィ、暗視カメラで見えるか？』

『確認しました。黒ずくめの男たちが、十人近づいてきます』

うーむ、やっぱりどうやら後をつけられていたか。

向こうも気配察知スキルが使えるなら、俺のスキル範囲外から察知することは可能である。

俺は大木を背にし、その後ろにリルムを隠した。

「リルム、俺の後ろにいろ」

「え……？　は、はい」

しばらくそのまま待っていると、暗闇の中からわらわらと人影が姿を現す。

皆一様に黒ずくめ姿で、顔は分からぬよう頭巾を巻いている。

その隙間《すきま》から鋭い眼光を覗《のぞ》かせていた。

「何者だ？」

俺の質問に黒ずくめの男の一人が答える。

「貴様は冒険者か。知らない顔ということは、成り立てだな？」

「質問に質問を返すな。テメェは何者かと聞いている」

再度問うが、黒ずくめの男はくっくっと笑うのみだ。

「ならば手を引くのが良かろう。その娘はまだ子供ゆえ見逃していたが、冒険者を探し出しここまで来るほどの行動力があるとは思わなかった。もはや姉共々、死んでもらうしかあるまいよ」

「話が通じない奴だな。まぁ大体素性《すじょう》はわかってたがな。お前がリルムの言ってた悪人だな。美人に手を出すとは許せん。全員、ぶっ潰す」

そう言って俺は、男に向かって駆けだした。

面食らったのか、男は咄嗟《とっさ》に後ろに跳んだ。

だが逃さない、さらに速度を上げて追いかける。

「ちぃ！」

逃げ切れないと悟った男は短剣を引き抜いて切りかかってくる。

それをダッキングで躱《かわ》し、顎《あご》にアッパーを喰らわせた。

拳は顎に軽く触れただけだが、それで十分。

脳震盪《のうしんとう》を引き起こした男はそのまま膝を折った。

殺すつもりはない。

こいつはどうせ末端だ。

それに子供《リルム》の目の前で殺すってのもな。トラウマを植え付けたくはない。

とはいえ目を覚まされると面倒だ。念の為もう一回当てておこう。

崩れおちる男にフックを一発、横から当てると、完全に白目を剝《む》いて口から泡《あわ》を吹き出した。

よし、これで暫くは起きないだろう。

「くっ……っ、強いぞこいつ！」

「ここは引くぞ！」

周囲の気配が離れていくが、そうは問屋が卸《おろ》さない。

「ハッ、一人も逃さねーよ」

『まるで悪役のようですね。アレクセイ』

俺の呟《つぶや》きにシヴィからツッコミが入った。

いらんお世話である。

◇

「う……こ、こは……？」

そして待つことしばし、黒ずくめの男がようやく目を覚ました。

「やっと目を覚ましたか？」

「き、きさま……！」

男は動こうとしても、身体が動かないことに気づく。

近くにあったナワヅルという蔓《つる》で両手を括《くく》ったのだ。

鑑定によればこの植物は非常に丈夫で、人力で引っ張った程度では切れないとテキストに書いてあった。

それを何重も束ねている。男は力を込め、何度も縄を千切《ちぎ》ろうとするが叶わない。

「ぐ……何故だ。その娘に味方しても未来はないぞ……！」

「あるさ、お姉さんとの素敵な未来がな」

「ふっ、ははは！　あの娘に惚《ほ》れたか？　確かに美しいものなぁ！　だがそれこそ貴様に未来はな──」

言いかけた男の顎を掴《つか》み、力を込めた。

睨《にら》みつけると男は言葉を失う。

「それはお前が決めることじゃねぇんだよ。……まぁいい、お前らには商会？　とやらの連中の企《たくら》みを洗いざらい吐いてもらわないとな。そのために生かしておいたんだし」

「ば、馬鹿め！　そう易々と話すと思うか!?」

「そうか？　それならそれで別に俺は構わんがな……行こうぜリルム」

俺はにやりと笑うと立ち上がり、リルムを連れて歩き始める。

「い、いいんですか……？」

「あぁ構わない。だがよぉ、この森には魔物が出るんだ。そうなったらお前ら、両手を括られた状態でどう対処するのかねぇ」

その言葉を聞いた男の顔が青くなる。

「ま、待て！　そんな外道《げどう》なことを本気でやるわけがないよな!?」

「むしろ魔物に喰われるならまだマシな方かもな。虫や小動物に身体《からだ》を少しずつ少しずつ齧《かじ》られ、ゆっくり死んでいくことを思えばなぁ……？　くっくっく。はーっはっはっは！」

『やはり悪役ですね……』

シヴィのツッコミを聞き流しながら、俺は立ち止まり振り返る。

「さて、どうする？」

「ぐ、ぐぐぐぐ……！」

男はしばらく歯噛《はが》みをし……こくりと頷《うなず》いた。

◇

「……ま、概《おおむ》ね聞いた通りだったな」

男曰《いわ》く、勢力を拡大した商会上層部は町を取り仕切るスフィーブルム家が邪魔になった。

圧力をかけて乗っ取ろうとしたが当主は頑《かたく》なに拒《こば》み続け、商会は暗殺者であるこの男を雇い
その娘に毒を飲ませたのだとか。

そして解毒薬が欲しければ言うことを聞け、と脅《おど》したのだ。

すでに圧力をかけられていた町の人間はスフィーブルム家に協力することは出来ず、当主は
頷くしかなかった。

そんな中、リルムが薬草を探しに森へ出かけたが、すぐに配下の者を手配し置き去りにした。

事故を装《よそお》い殺害する予定だったが、そこへ俺が現れ計画は頓挫《とんざ》した。

リルムは再度、俺を頼って町を抜け出し、慌ててそれを追った……というわけである。

全てを話した男はがっくりと項垂《うなだ》れていた。

「……これ以上話すことは、ない」

「ふん、まぁ目新しくもなかったな。じゃあ町へ戻ってその上層部の連中を告発するか。大勢
の前で、また証言してくれよ」

「ま、待ってくれ！　そんなことをしたら今度こそ殺されちまう！」

「大丈夫だ。そこまで公《おおやけ》になったら商会の連中もデカい顔は出来ねぇよ」

政府の高官だろうが都市の実力者だろうが、民衆にそっぽを向かれたらその座を維持することは出来ない。

この男が洗いざらい話せば、上層部の連中も失墜《しっつい》するだろう。

「し、しかし……」

「ま、嫌ならいいさ。このまま置いていくからよ。行くぞリルム」

「待ってくれ！　言う！　言うから！」

『悪役……』

シヴィが突っ込むが失礼な話である。

どこからどう見ても正義の味方ではないか。

町へ帰った俺たちは、早速リルムの父親の元へ黒ずくめの男たちを連れていった。

数珠《じゅず》つなぎにした男たちを見て、父親は目を丸くしている。

「なんと、貴殿が娘の病を治せるというのか!?」

「ええお父上。この者たちがあなたの大切な娘さんに毒を盛ったのです。ご安心ください、私が成敗《せいばい》し、薬を用意させておりますので……おい」

「……わかった。腰の袋に入っている」

男は既に抵抗する気力を失っているようで、大人しく解毒剤の場所を白状する。

腰の袋を探ると……あった。

小さな瓶《びん》を見つけた俺は、『鑑定』を使ってみる。


解毒薬。特殊な毒を回復させる効果を持つ。


ふむ、どうやらこいつで間違いないようだ。

「ではお父上、娘さんのところへ案内してもらえますか」

「う、うむ……そ、そうだな」

父親は戸惑いながらも頷き、俺を部屋の奥へと案内する。

リルムは俺の服をぎゅっと握り、泣きそうな顔をしていた。

俺はそんなリルムの頭に手を載せる。

「大丈夫だ」

「……はい」

リルムはより強く俺の服を握り締める。

待ってろよ、美人のお姉さん。すぐに助けてやるからな。

「カーシャ！　起きているか？　カーシャ！」

大扉を開け中に入ると、天蓋《てんがい》付きのベッドから寝息が聞こえていた。

カーシャちゃんというのか、可愛《かわい》い名前だ。

父親が飛んで中に入ると、眠っていた少女を揺さぶり起こす。

「ん……お父様……？　どうかしたのですか？　……けほっ」

成熟した女性の声、カーテンのシルエットごしに映る細い身体、豊かな胸。

間違いなく美女である。

俺は辛抱堪《しんぼうたま》らず父親の横から身を乗り出した。

「カーシャ！　この人がお前を治せる薬を届けてくれたぞ！」

「えぇ、あなたの為に駆けつけました。アレクセイと申します、以後お見知りおきを――」

言いかけて俺は目を大きく見開く。

寝起きだからか栗色の髪はくしゃくしゃで、病のために顔色は悪いがそれでもとびきりの美女。

しかも巨乳！　うはっ、大当たりだ！　俺ははやる気持ちを抑えつつもカーシャの手を取り、その目をじっと見つめた。

「あなたを必ず治します。ご安心を」

「は、はぁ……」

ぱちくりと瞬きをするカーシャ。

ふむ、顔色が悪いな。

『鑑定』で見てみると、どうやら特殊な毒状態のようだ。

特殊な毒、としかわからないのは『鑑定』のスキルレベルがCだからか。

ある程度は出たとこ勝負でいくしかないな。

「さ、これを……」

「カーシャ、飲むのだ」

「……はい」

意を決したようにカーシャは薬を飲み干した。

淡い光がカーシャを包み、顔色がよくなっていく。

おお、どうやら効いたようだ。『鑑定』状態で触れていたから、毒が解除されたのがよくわかる。

カーシャは大分しっかりした顔つきになっていた。

「……あぁ、なんだか楽になってきたようです」

「おお……よかった！　カーシャ！」

「よかった！　お姉さまっ！」

リルムと父親はカーシャに抱きついた。

感動の場面である。よし、俺もどさくさに紛《まぎ》れて抱きつこう。

そう思った時である。

「カーシャ！」

若い男の声が、寝室に響く。

なんだなんだ、今度は兄貴か？

男はベッドに駆け寄ると、カーシャの肩をぐいと摑《つか》んだ。

「カーシャ……よかった。無事で……！」

「ヒイロ……」

潤んだ目で互いを見つめ合う二人。

完全に二人の世界に入りきっているようだ。

二人はそのまま顔を近づけ、口づけを交わした。

「は……？」

あまりの事態に俺は固まる。

「これで無事、結婚式を挙げられるわね、ヒイロ！」

「あぁ、どうなることかと思ったが……これもあなたのおかげです！　ありがとうございます、アレクセイさん！」

「お、おう……」

呆《ほう》けた返事をしながら俺は、二人がいちゃつくのを眺めていた。

◇

「ちくしょう、婚約者がいたとはなぁ！」

　屋敷を出た俺は声を荒らげる。

　幾らなんでも婚約者がいるのに迫るなんてことは出来ない。

『残念ですねアレクセイ。ですが見直しました。あなたなら婚約者を押しのけてあの女性の胸くらいは揉《も》みそうでしたのに』

『俺をなんだと思ってるんだ』

　これでもモラルはある方である。

　しかし惜しい。あれだけの美女をみすみす逃すとは……婚約者がいなくなれば或いは……いやいや、美女の悲しむ姿は見たくない。

　美女の命が助かっただけでもよしとすべき、か。

　それに礼金も貰《もら》えたし、よかったじゃないか。

　うん、そうだ。俺はいい男だ。聖人なのだ。そう自分に言い聞かせる。

「……はーあ」

とはいえがっくりと項垂《うなだ》れながら屋敷を後にしようとすると、リルムが駆けてきた。

「アレクセイさん！　あの、ありがとうございました！　本当になんてお礼を言っていいか……」

「あー、いいっていいって、子供が変なことを気にするな」

パタパタと手を振るが、リルムは気が済まないのか、まだ立ち去ろうとしない。

「……アレクセイさん、少し腰をかがめてもらえますか？」

「構わないが」

言われるがまま、腰を屈めた瞬間である。

リルムが俺の頰《ほお》にキスをしてきた。

目を丸くする俺を見て、顔を赤らめている。

「で、では！　おやすみなさいっ！」

しかし突然ハッとなったリルムは、勢いよく頭を下げ屋敷の中へと走っていった。

途中転びそうになりそうだったぞ。危なっかしいな。

『おやおやアレクセイ、意外にモテるじゃあないですか。ニヤニヤ』

『……うっさい』

からかうシヴィを睨《にら》みつける。

くそう、あと五年……いや、三年後なら……重ね重ね残念だが、これぱっかりは仕方ない。

俺は無念に思いながらも屋敷を後にした。

◇

「おっちゃん、牛串三本！」

「あいよ！」

「おばちゃん、ビール二つ！」

「はいはい」

「あんちゃん、焼きソバ二つ！」

「まいどっす」

大量に買い込んだジャンクフードを食べながら、俺は人通りの中を歩く。

今日は七日に一度の祭日らしく、色々な出店が大通りの両脇にずらっと並んでいた。

『幾らなんでも食べ過ぎでは？　アレクセイ』

『折角《せっかく》金が入ったんだし、今のうちに食っとかないとな』

スフィーブルム家からの礼金はたんまりと貰っている。

無論、宿は確保済み。大浴場付きの大衆宿で、値段の割には飯も美味《うま》い。

シヴィに町の宿を総当たりで調べさせ、一番コスパのよい宿を選んである。

それでもかなり金は余ったし、しばらくは生活には困らない。

『かといってヤケ食いヤケ酒は感心しませんね』

『ぐ……うるせぇな』

シヴィのツッコミに舌打ちをしながら、牛串を食べ終え、焼きソバを平らげ、ビールも飲み干した。

カーシャに婚約者がいたのは確かにショックだったけれども！

今日の祭りにミラを誘ったが無視されたのは確かにショックだったけれども!!

『言っておくがなシヴィ、俺はただ飲み食いする為だけにこの祭りに来たわけじゃないぞ』

『ほほう、では一体なんの為にですか？』

『くくく、まぁ見ていろよ』

俺は人混みをぐるりと見渡し、獲物を探す。

そして……見つけた。

真っ直ぐに歩き出し、一人の女性の前に立つ。

「やぁお姉さん。一人？　暇だったら俺と飲まない？」

一瞬、目を丸くした女性だったが、冷たい目で俺を一瞥《いちべつ》すると足早に去っていった。

道端に落ちているゴミを見るような目だった。

くっ……失敗か。

『呆《あき》れました。まさかナンパとは……』

『無理やりじゃねーんだからいいだろ！　それになシヴィ、祭りの日ってのは女子のテンションも上がってガードが下がるんだよ。案外声をかけられるのを待ってる子とかいるもんだぜ？』

『はぁ……本当に飢えているのですね……』

シヴィからも憐《あわ》れむような声を向けてくるが、俺は気にせず新たな女性に声をかける。

「おーい、そこの彼女ー！」

だが俺の努力は実ることはなく。

一人、二人、十人、二十人……無視され、あしらわれ、断られ、それでも俺はナンパを続けていた。

『凄《すさ》まじい執念、感嘆《かんたん》します。その努力を仕事に使えばもっと出世できたものを……』

『馬鹿野郎！　遊びだからこそ一生懸命やるんだろうが。仕事こそテキトーでいいんだよ……お、あの子もカワイイぞ』

長く伸ばした黒髪の女性に駆け寄り、声をかける。

「へい彼女、一緒に焼き鳥でも食べない？」

「い、いえその、私は……」

振り向いた女性はそばかすが魅力的な可愛《かわい》らしい女性だ。

大人しそうに見えるが、胸は大人しくない。

そしてなにより、一見困っている風だがそこまで嫌がっているようには見えない。押せばいけそうな気がする。よし、ようやくチャンスが巡ってきたかもしれない。

ここはちょっと強めに押してみるか。

「ね、奢《おご》るからさ」

「えっとその……」

よし、あと一歩だ。

そろりと近づくが、あからさまに逃げようとはしない。いける。

俺が彼女の肩に手を載せようとした、その時である。


「やめろ！」


凛《りん》とした声が喧騒《けんそう》を貫いて響く。

人混みの中からでてきたのは、軽鎧《けいよろい》を着た美少年。

アレこいつ、どこかで見たような……

「ん、君は……あの時の軽薄男じゃないか！」

「あーっ！　お前リルムの横にいた！　えーと……」

「セシルだ。セシル＝ラングリッド。……君は確かアレクセイとか言ったな。今、何をしていた？」

「おーそんな名前だったなそういえば。何って見ればわかるだろ？　ナンパだよナンパ。お前もやるか？」

「やるかっ！」

セシルが真っ赤な顔で声を荒らげる。

なんだつまらん男だな。

こいつは俺ほどじゃないが中々イケメンだし、女の子がついてくる確率も上げられるかもと思ったのだが。

「それより女性が困っているだろう！　手を離せ！」

「まだ触れてねーよ」

「触れようとしていただろう！　とにかく離れろ！」

離れるもクソもない。女性はセシルの背中に隠れた。

女性は頬を赤らめ、もじもじしながらセシルに熱い視線を送っている。

「あ――――っ！　てめっ！　なんでお前がっ⁉」

俺が大声を上げるのも目に入らないのか、女性はセシルにしなだれかかる。

「あの……ありがとうございました。私、怖くて……」

「いえ、いいんですよ。僕も誇りあるラングリッド家の者として、当然のことをしたまでですから」

ぬぐぐ……いいところを持っていきやがって。

これじゃあまるで俺が噛《か》ませ犬じゃないか。

これだからナントカ家の坊ちゃんはよ。この手の輩《やから》は軍にもいたが、嫌な記憶しかない。

弱い相手には正義漢ぶるくせに、強い者には尻尾《しっぽ》を振ってついていく犬みたいな連中だ。

そういや俺の殴《なぐ》った上官もどこかの大貴族の跡取り、とかだったかな。

「あの、連絡先とか聞いてもいいですか……？」

「えぇいいですよ。何か困ったことがあったら言ってください。すぐに駆け付けますから」

セシルがそう言って女性に微笑《ほほえ》みかける。

うおっ、まぶしっ。キラキラしてるぞこいつ。

女性の目も完全にハートマークになっている。

そんな騒ぎが珍しいのか、気づけば俺たちの周りにギャラリーが集まっていた。

「あら、セシル様だわ。今日も素敵ねぇ……」

「私見ていたわ。悪漢からあの子を助けていたのよ」

「流石《さすが》、絵になるわぁ……」

ギャラリーは殆《ほとん》ど女性で、セシルに熱い視線を向けている。

ていうかこいつ有名人なのか？　周りにはどんどん女性が集まってきている。

こいつ、使えそうだな。俺はセシルに近づいて耳打ちをする。

「なぁおいセシルちゃんよ。やっぱり俺とナンパやらねぇ？　なーにお前が一緒なら成功率百億パーセントだ。な、メシ奢《おご》ってやるからよ？」

「……君は全《まった》く、どうしようもない男だな」

セシルがため息を吐きながら冷たい目で俺を見る。周りの女性たちもだ。

……うっ、息苦しい雰囲気《ふんいき》だ。

こいつは分が悪そうである。

「く、くそっ、折角《せっかく》誘ってやったのによ！　もう誘ってやらねーからな！　覚えてやがれ！」

「あ、おい！」

俺はそう捨て台詞《ぜりふ》を残し、人混みの中へと逃げ込むのだった。

◇

翌日、俺は朝早く起きて宿で出された朝食をかき込んでいた。

ソーセージと野菜の入ったスープにパンという簡素なものだが、中々美味《うま》い。

俺たち好みの調理法や味付けを伝えているからだろう。

軍で食べていたものより美味しいくらいだ。

『いやぁ、先日はチンピラも真っ青な見事な捨て台詞でしたね。録音しておきましたが再生いたしますか？』

『するかっ！』

シヴィが軽口を叩く。

チンピラって……悪役よりランクが落ちてるじゃないか。

『しかしアレクセイ、いつもは昼ごろようやく起きてくるという自堕落《じだらく》ぶりだというのに、今日は妙に急いでいますね。何かあるのですか？』

『ふっ、実はミラちゃんから呼び出しを受けているのだよ』

昨夜、俺宛《あて》にミラから手紙が届いていたのである。

朝十時までにギルドへ顔を出せとのことだった。

これはきっとデートの誘いに違いない。うむ、苦あれば楽あり。

なお、この世界にもちゃんと時計は存在している。

というかステータスウインドウの右端に時計が映っている。現在9時18分。

これ、恐らくだがＰＣのモニターか何かを流用しているんだろうな。慣れれば便利でいい。

食事を終えた俺は、部屋に戻ると鏡の前に立つ。

デートの前には身だしなみを整えるのは男としての必須《ひっす》事項だ。

隣に立つ女性に不快な思いをさせてはならないのである。

『うーん、ずっと戦場にいたからな、結構ぼさぼさだ』

女性の目がなければわざわざおしゃれする必要もない。

とはいえ、無頓着《むとんちゃく》すぎても急な事態に対応できない。

やはり日々の努力が肝心《かんじん》だな。大昔の武士はいつ首を落とされてもいいように化粧《けしょう》をして戦《いくさ》に臨《のぞ》んだという。

今の戦い、首を取り合うなんてのはナンセンスだが、戦場で美女とロマンスがあるかもしれないし、やはり身だしなみは整えておくべきだろうか。

そんなことを考えながら、サバイバルナイフ一本で髪の毛と眉《まゆ》を整え、髭《ひげ》を剃《そ》っていく。

ばっさばっさと毛が落ちていくが、俺の肌には傷一つ付いていない。

慣れれば案外平気なもんだ。ざぱっと水で洗って完成……だが、水で整えただけなのですぐに髪がばらけてしまう。

『ワックスがあればなぁ。ぜいたくを言えばスーツと香水も欲しかった。デートの誘いはうれしいけど、急すぎて準備も出来ないぜ』

『そうは言いましても、どちらもこの町の市場にはありませんでしたよ』

『だからこそ他の男どもと差をつけられたんだが……まぁいい、このままでも十分カッコいいだろ？　シヴィ』

『はいはいそーですね』

軽く流されてしまった。悲しい。

精一杯キメた俺は、宿を出てギルドへ向かう。

「ミラちゃ────ん！　あなたのアレクセイが来ましたよ────！」

勢いよく扉を開けて中に入り、ミラの元へと走る。

手を握ろうとするが、あっさり躱《かわ》されてしまった。

くっ、速い。俺の行動パターンを読まれている、だと……？

ミラは躱した手を後ろで組み、にっこりと笑う。

「お待ちしておりましたアレクセイさん。今日お呼び立てしたのはランクアップのお話でして」

「む……？」

そういえば前にそんなことを言ってた気がする。

冒険者ランクがどうとかこうとか。

ミラちゃんに釘付けであまり聞いてなかったけれど。

「先日申請していた書類が通りました。本来ならもう少し経験を積んでから……という話なのですが、ギルド上層部に、とある貴族から圧力がかかったとかで、私としてはどうとか思いつつも、まぁアレクセイさんの実力は私も認めておりますから。えぇ」

とある貴族？　もしかしてリルムのことだろうか。

父親も涙を流して感謝していたし、俺のことを聞いて口添えをしてくれたのだろうか。

『別に涙を流してはいませんでしたが、そういった動きが音声データに記録されています』

シヴィがその話を聞いていたようだ。

カーシャの容体が悪化した場合の為に、シヴィにあの屋敷の音声をチェックさせていたのである。

いやらしいことは微塵《みじん》も考えていない。本当だ。本当である。

カーシャとはあまり仲良くなれず無駄足かと思ったが、今にして思えば協力して良かったかもしれないな。

ランクアップは望むところだ。Bランクのロイでもモテてたんだし、俺ほどのイケてる男ならそりゃもうモテモテだろう。ぐふふ。

「こほん、関係のない話でした。とにかくランクアップの試験を受けることが出来るのですが、いかがいたしますか？　これに合格すれば晴れてEランク冒険者となりますが……」

「勿論《もちろん》受けるさ。合格の折にはデートの誘いをしてもいいかい？」

「それはお断りします」

さくっと断られてしまった。

つらい、だがランクアップすればミラも放ってはおけないはずだ。間違いない。

「ふん、相変わらず軽薄な男だな」

どこかで聞いた声に振り返る。

そこにいたのは先日俺と揉《も》めた騎士姿の美少年、セシルだった。

「な……お前、なんでここにいるんだ!?」

「僕も冒険者だからだよ。全く、お前みたいな奴がいると冒険者全体の質が疑われるよ」

つまらなそうに言うセシル。

そういえばリルムの家を護衛していたんだっけ。

くそう、ミラの前で格好つけやがって、やっぱりいけすかない奴である。

向こうも同じように思っているようで、俺とセシルの間に火花が散る。

「私がお呼び立てしたのですよ。アレクセイさん、セシルさん、今回のクラスアップ試験はお二人に参加して頂きます」

「「何ぃ!?」」

俺とセシルの声が綺麗《きれい》にハモる。

「試験には色々と準備も必要ですので、月に一度しか行えないのです。その際に数人まとめて参加、という形を取っておりまして……もちろん、どちらかがズラして、来月にしていただいても構いませんが」

「「それは断る」」

またも、綺麗にハモる。

こいつと一緒に試験を受けるのは嫌だが、その為にこちらがズラすのは負けた気になるからもっと嫌だ。

「ていうかセシルお前、偉そうにしてたくせにまだFランクかよ。ぷぷっ、ウケるわー」

「ふん、僕も冒険者になったのは最近だからな。しかしすぐにランクを上げて見せるさ」

「俺もだよ。言っておくが俺と一緒に試験を受けたら恥《はじ》を晒《さら》すだけだぜ？　日を改めることを勧めるね」

「ほう、君の恥を晒すところを見られるかもしれないか。面白そうだ」

ぬぐぐ……涼しい顔して言い返してきやがる。腹が立つ野郎だぜ。

俺とセシルが火花を散らし合うのを見て、ミラはくすくすと微笑《ほほえ》む。

「あらあら、仲がよろしいですね」

「「よくない！」」

またまたハモる。こいつ俺の考えをトレースでもしてるのか!?

俺が睨《にら》みつけると同時にセシルも俺を睨んでいた。

「ともあれ、よろしければ説明に入らせていただきます。どうぞこちらの部屋へ」

ミラが奥の部屋へと入っていく。

「……ふん」

俺とセシルは互いに顔を逸《そ》らせながら、それに続くのだった。

「町の中央にギルドが管理しているダンジョンがあります。そこの一階層にレアスライムを放ちますので、十体退治してください。それが出来れば無事、Eランク昇格です」

これは詳細です、と付け加えてミラがテーブルに広げた書類には、液体を丸めたような魔物が描かれていた。

ほほう、こいつがレアスライムか。

ゲームとかでよく見る粘体型雑魚敵《ざこてき》に似ており、如何《いか》にも弱そうだ。

「ご存じの通りスライムの亜種ですが、本来のものと違い自ら人を襲ったりはしません。しかし逃げ足がとても速く、捕まえるのには相当な技術が必要です。ダンジョン内では他の魔物も襲ってきますので、注意して狩ってくださいね。獲物を狙う技術、倒す戦闘力、長時間戦い抜く生存力、それらの総合力が試されます。言わずもがなですが、ズルをしたらすぐわかりますのであしからず。……何か質問はありますか？」

ミラの質問に、俺は手を挙げる。

「ダンジョンってのはどこだ？」

「やれやれ、君はそんなことも知らないのか？」

知らないから聞いたんだよ。

冷ややかな視線を向けてくるセシル。

「アレクセイさんはこの町に来たばかりですから、知らないのも無理はありませんよ。町の中央に昔から存在する巨大なダンジョンです。中はとても広大で、まだ誰も踏破していません。

上層では冒険者たちが狩りをし、それで得たアイテムを売って生活しているのですよ」

だがミラはそんなことはおくびにも出さず、答えてくれた。優しい。

「ちなみに中に入るにはEランクになってようやく自由に出入りできるというわけだ。わかったか？　破廉恥男《はれんちおとこ》」

カチンときた俺は挑発し返す。

「あぁわかったぜ。セ・シ・ルちゃん」

「貴様……！」

「二人とも喧嘩《けんか》はやめて下さい」

ミラが止めに入ってくる。

確かに、少し大人気《おとなげ》なかったかもしれないな。

だがこいつは気に入らないし……そうだ、いいことを考えたぞ。

「じゃあこういうのはどうだ？　俺とお前、どちらが先にレアスライムを十体狩れるか勝負するってのは」

俺の提案に、セシルは微笑を浮かべ頷《うなず》いた。

「……ほう、面白い。いいだろう」

「決まりだな。負けた方はなんでも一つだけ言うことを聞くってことで」

「その約束、忘れるなよ」

「お前こそな。吠え面《づら》をかかせてやるぜ」

「……あぁもう、この人たちは……」

火花を散らし合う俺とセシルを見て、ミラは頭を抱えるのだった。

——準備を終えた俺たちは、早速ミラに連れられ町の中央に位置するというダンジョンへ向かう。

近づくにつれ冒険者や、それを商売相手とする武器商人、道具商人が増えていく。

その先に見えるのは巨大建築物のシルエットだ。

太古《たいこ》のピラミッドを思わせるレンガを積み重ねたような山の中央に、ぽっかりと大きな穴が開いていた。

『内部をスキャンしましたが、入口が少し見えただけですね。ミラの言葉通りかなりの深さのようです』

『そりゃ攻略し甲斐《がい》のあることだな』

こちとら未知のダンジョンにワクワクする程、子供でもない。

ダンジョンなんてゲームならまだしも、魔物がいくらでもいる上にどこまで続くかもわからない不潔な場所だ。

命の危険はもちろん、シャワーや寝床、食料の問題もある。

そんな危険な場所に、金や名誉程度の為に入る気は起きないな。

セシルはやる気満々といった顔だが。マゾかこいつ？

そんなことを考えているうちに、ダンジョンへとたどり着く。

入り口には兵士が二人立っており、ミラが進み出て頭を下げる。

「お疲れ様です」

「これはこれは、そういえば今日はクラスアップ試験でしたかな？」

「ええ、今回は二人です。通してもらえますか？」

「どうぞどうぞ」

兵たちはミラに頭を下げると、俺たちに通るよう促した。

「彼らはダンジョンの番人です。魔物が外に溢《あふ》れないよう、見張ってくれているのですよ」

ミラの解説を聞きながら、ダンジョンの中に足を踏み入れた。

中は石造りの小部屋となっており、その下に深い階段が続いていた。

冷たい空気がどこか不気味だ。

「ここを降りれば一階層です。魔物も出現しますので注意してくださいね。……さて、早速試験を始めましょうか」

ミラが空中で指を動かすと、そこに魔法陣のようなものが出現し、大量のスライムが降ってきた。

水銀の雫《しずく》が大きくなったような、ぶよぶよの球体。

おぉ、あれがレアスライムか。

「ぴっぴ――――っ！」

レアスライムは出てくるや否《いな》や、階段を転がるように逃げていく。

今使ったのはアイテムボックスのようなスキルだろうか。

魔物も入れることが出来るんだな。面白い使い方が出来そうだ。

「今、30体のレアスライムを放ちました。倒した数は私が常に把握《はあく》しています。仮に他の冒険者や魔物が倒した場合には再度補充いたしますのでご安心を。制限時間は翌日の10時まで。……なにか質問はございますか？」

「ない」

「俺もだ」

俺たちの返事に、ミラは頷く。

「わかりました。では試験――開始」

ミラの声と同時に、俺とセシルはダンジョンの中へと駆けこむのだった。

階段を降りた俺とセシルは、一階層に着くと同時に左右に分かれる。

「約束、忘れるなよ。アレクセイ」

「ハッ、お前こそ吠え面かかせてやるから覚悟しておくんだな。セシル」

そう言葉を交わした後、駆ける。

走りながらジョブを『斥候《せっこう》』にセットしようとして、ふと気づく。
『斥候』の文字部分が赤く光っており、そこに意識を集中させるとメッセージが浮かび上がった。

ジョブレベルが上がりました。クラスアップしますか？

と、そう書かれており、〝はい〟〝いいえ〟コマンドが続く。
そういえば『斥候』状態で戦闘することが多かったからな。
レベルが上がったのは恐らくリルムを追ってきた連中を倒した時だろうか。
もちろん、〝はい〟を選択する。

『斥候』が『盗賊《とうぞく》』にクラスアップした。

とメッセージが流れた。
斥候から盗賊って上がってるのか？　まぁいいか。
ともあれ俺は『盗賊』のジョブをセットしてみる。

アレクセイ＝ガーランド
レベル86
ジョブ　盗賊
力A＋
防御B
体力A
素早さSS
知力SSS
精神S
パッシヴスキル
移動速度上昇B　気配察知B　窃盗《せっとう》C

ステータスが多少向上し、『移動速度上昇』と『気配察知』もBに上がっているようだ。

『移動速度上昇』と『気配察知』のスキルレベルが上がったことで歩行速度も上がっており、気配を察知できる範囲も上がっているようだ。

気になるのは『窃盗』か。

説明を読むと、攻撃時にオートで魔物からアイテムを盗むことがあるらしい。

中々便利そうなスキルである。

スキルの確認をしながら歩いていると、目の前に液体のような丸い魔物が現れた。

レアスライムと似ているが、こいつは青い。

ミラが言ってたスライムってやつだな。

どれ、試してみるか。

俺は武器屋で買っていたロングソードを腰から抜く。

素手で魔物に殴《なぐ》りかかるのは汚いから買っておいたのだ。

このロングソードは切れ味は悪いが、安価で丈夫とのことだ。

壊れてもいいように、アイテムボックスの中に百本入れてある。

スライムを斬《き》ると、剣が触れた瞬間、破裂した。


スライムを倒した。52ＥＸＰ獲得。

『窃盗』に失敗。


どうやら失敗したようだ。

まぁ雑魚敵《ざこてき》相手から盗めたとしても、大したアイテムではないだろうし気にすることはないか。

『それよりセシルの野郎に負けるわけにはいかないからな。レアスライムを狩るのが優先だ。

シヴィ、ダンジョンのマップを作ってくれ』

『了解。電磁スキャンを起動し、マップを作成します。画像データを送りますか？』

『頼む』

言うが早いか、俺の脳内にダンジョンのマップが出現する。

一階層は入り口を中心に、まるで蜘蛛《くも》の巣のように広がっている。

『スキャン範囲に収まりきりませんが、歩いているうちに埋まっていくはずです』

『サンキュー。……あとは察知した気配と照らし合わせて……と』

画像データを察知した気配のポイントに当てはめる。

よし、敵の場所がリアルタイムでわかるマップの完成だ。

このマップ通りに進んで、敵を倒していけば迷わず、無駄なく、レアスライムを狩っていくことが出来るというわけだ。

くくく、負ける気がしないぜ。

『姑息《こそく》です、アレクセイ』

『誉め言葉として受け取っておこう』

姑息やら卑怯《ひきょう》やらは、軍人としては最上級の誉め言葉である。

少なくとも俺にとっては。

ともあれ俺はマップを頼りに、最初の目印に向かって、走る。

曲がり角を右に、左に、そしてまっすぐ……いた。

「ギシシ!?」

いたのはゴブリンだった。ハズレだ。

ロングソードで一撃して、即座に走り去る。

ちなみに『窃盗』は失敗した。

迷路のように入り組んだダンジョンを駆け回り、魔物を狩り始めて一時間が経った。

その間、『窃盗』の発動数はゼロ。

どうやらかなり成功率が低いようだ。

『それにしてもレアスライムに当たらないですね』

『うーむ、俺ってこういう運はないんだよなぁ』

隊にいた時も食事当番のジャンケンは大抵負けていた。

ま、総当たりでやればいいだけの話である。

マップも大分埋まってきたしな。

『次々行くぞ……む?』

駆け出そうとしたその時である。

目の端に移る銀色の粘体。

いた、レアスライムだ。俺は早速ロングソードを抜き、斬撃《ざんげき》を繰り出す。

「おらぁ！」

がぎん！　と音がしてレアスライムは壁にめり込んだ。

ナイスショット。

だがレアスライムは跳ね返ると、何事もなかったかのように、動き始める。

『おお、初めて一撃で倒せない魔物が出てきましたね』

『むむ、硬いのか？』

じゃあ次は全力でいくか。

俺は逃げようとするレアスライムを、思いっきり斬《き》りつけた。

「くたばりやがれぇぇぇぇ！」

ばきん！　と音がして、今度は剣の方が砕《くだ》け散る。

マジか、こんな強い魔物をEランクの昇格試験に出すか、普通？　反撃こそしてこないものの、硬すぎるだろう。

俺はジョブを『商人』にセットすると、アイテムボックスから新しいロングソードを取り出した。

『レアスライムのダメージ蓄積値を解析中……暫定《ざんてい》生命値《HP》は2／10といったところでしょうか』

『つまり今まで与えていたダメージは1。異常に硬い魔物というわけか』

そういえばゲームでもいたな。

やたら硬いが、ＨＰが少ししかないタイプの魔物か。

ならば『連撃』で倒せばいい。

俺は『戦士』のジョブをセットする。


戦闘技術スキルが発動、剣スキルが使用可能となります。


頭の中にメッセージが流れ、スキル欄《らん》から『連撃』がなくなっており、代わりに『一文字《いちもんじ》斬《ざん》』が追加されている。

そうか、短剣じゃないから『連撃』ではないのか。

武器ごとに使えるスキルが違うんだな。

なら仕方ない。普通に殴って倒すとするか。

『一文字斬』は見るからに威力が高そうだし、また武器を壊しても勿体《もったい》ないしな。

仕方なく俺はレアスライムをロングソードで殴って倒した。

加減した攻撃でもダメージが入るようで、合計10回殴るとレアスライムは弾けて消えた。

レアスライムを倒した。０ＥＸＰ獲得。

『窃盗』成功、レアメダリオンを手に入れた。

お、ついに『窃盗』が成功したぞ。

倒した場所から小さなメダルが現れた。

レアメダリオンとやらがなんなのかはわからんが、高く売れればいいな。

ジョブに『商人』をセットし、アイテムボックスの中に入れておく。

再び『盗賊』のジョブをセットし、ダンジョン内を走り出すのだった。

『試験開始から一時間が経過しました。セシルはもう二、三体狩っているのでは？』

『問題ない。レアスライムの気配はわかったからな』

クラスアップした『気配察知』は広範囲の生物の気配を探れるだけでなく、その大小をも探知できるのだ。

すなわち、気配の大きさで魔物の区別をつけられるということ。

レアスライムの気配の大きさがわかった今、その大きさを探知してそれだけを狙える。

『シヴィ、レアスライムの気配に色を付けて表示してくれ』

『了解、レアスライムの気配を赤色で表示します』

シヴィが答えると、マップに表示されている気配が幾つか赤くなった。

これを追っていけばレアスライムに出会えるというわけだ。

『加えて最寄りのレアスライムへの最短ルートを表示します』

『サンキュー、気が利《き》くじゃねえか』

シヴィがマップを弄《いじ》ると、赤い印への道筋が表示された。

あとはこの通り進むだけである。

ここから巻き返していくぜ。

俺は赤い印に向かって駆ける。

出てくる他の魔物は全《まった》く脅威《きょうい》にならないので、基本スルー。もしくはワンパンで撃破だ。

どうもレアスライムは俺から逃げるように移動しているようだ。

人の気配を探知しているのかもしれない。

だったらセシルもまだ倒してないかもな。

『反応まであと僅《わず》かです。逃さないように』

『わかってるよ』

角を曲がると、俺を見て右往左往《うおうさおう》するレアスライムがいた。

袋小路に投げ込むように追い詰めたのだ。

逃げられないと察したのか、レアスライムは俺に体当たりを仕掛けてくる。

俺は身を躱《かわ》しざま、ロングソードを軽く振るった。

「ほっ！」

レアスライムに剣を当て、はたき飛ばす。
勢いよく飛んでいったレアスライムは、壁に当たって跳ね返ってきた。
そこへ更に、一撃。
またも壁に当たって跳ね返ってくる。
テニスの壁打ちの要領で、レアスライムを叩き飛ばし続ける。
何度か繰り返した後、壁に当たったレアスライムはただの液体となった。
ちなみに今回はアイテムは盗めなかった。残念。
戦闘を終えた俺は、また新たにレアスライムを追う。
シヴィの記した最短ルートを駆け、片《かた》っ端《ぱし》から潰していく。
レアスライムの移動速度は中々速いが、『盗賊』をセットした俺程じゃあない。
本気で追えばすぐに追いつく。
『次、9体目です』
『あいよ』
通路を直進していると……見つけた。レアスライムだ。
俺は一気に加速し、すぐ横に立つ。
跳ねた瞬間を見計らい、ロングソードを降り下ろし地面に叩きつけた。
大きくバウンドしたレアスライム目掛け、空中で剣を振るう。

「いち、に、さん、よん、ご、ろく、なな、はち、く……」
カウントと共に、宙に浮いたレアスライムを下から剣で刻んでいく。
さながらお手玉の要領で。
レアスライムは抵抗することが出来ず、されるがままだ。
これなら壁がなくとも、逃さず倒すことが可能。
「――じゅう、っと」
最後に一発、地面に叩きつけるとレアスライムは破裂した。
『窃盗《せっとう》』に成功しました。レアメダリオンを獲得。
お、久しぶりに『窃盗』が成功したぞ。
しかし一体何に使うんだろうかなどと考えながら、アイテムボックスに仕舞っておく。
『さて、あと一体だな。シヴィ、一番近いポイントは？』
『最短ルートを表示します』
マップに表示されたルートに従って、走る。
結構遠いな。マップのほぼ反対側だ。
ここまで来ると数もかなり減っているようである。

セシルもそれなりに倒しているのだろう、大詰めといったところか。

シヴィの示したルートに従い、ひた走る。

マップを横断し、反対側まで向かう俺の前に見知った人影。

鎧《よろい》姿の金髪、あれはセシルだ。

「いよっ、セシルじゃないか。こんなところで会うとは奇遇だな」

「む、アレクセイ……！　この先のレアスライムは私が追っているのだぞ」

「どうやら同じ獲物を狙っているようだな。だがしかし、譲《ゆず》るつもりはない。先に倒した方のモンだぜ」

世の中早い者勝ちである。

〝兵は拙速《せっそく》を尊《たっと》ぶ〟という名言もあるくらいだしな。

俺の実家ではご飯は早い者勝ちで、呼ばれてすぐに行かないと、食べるものが何も残っていなかったりしたものだ。

「ちなみに倒した数は？」

「9」

「僕もだ。ということはこの先のレアスライムを倒した方が勝ちというわけだ……な！」

言うとセシルの速度がぐんと上がった。

なにっ!?　なんだあの速度、ありえんだろう。

『どうやら何か、移動速度を上げる類《たぐい》のアイテムを使ったようですね。セシルの身体能力が一瞬にして向上しました』

『そんなのアリかよ……くそっ！』

俺は足に力を込め、限界まで速度を上げる。

『移動速度上昇』に加え、単純な筋力による全力疾走。

周りの景色が流れていき、すぐにセシルの背中が見えてきた。

「な、何!?　貴様もスピードポーションを持っていたのか!?」

「ふふん、当たり前よ。万事備えあれば憂《うれ》いなしってな」

スピードポーションがなんなのかはわからんが、やはりアイテムによるもののようだ。

よくわからんが知ってるフリをしておこう。こいつに弱みは見せたくないからな。

俺の全力とセシルの速度は互角。

ならばどちらが先に獲物を捕らえるかという勝負。

レアスライムの気配が近づいてくる…………いた。

「っ!?」

見つけた瞬間、違和感を覚える。

壁面の石の積み方がどこかおかしいのだ。

罠《わな》か？　俺は嫌な予感に思わず速度を緩《ゆる》める。

「おい、止まれセシル！　何かおかしいぞ」

「ふん、その手には乗らん！」

だがセシルは俺の忠告に乗らず、速度を緩めようとしない。

俺が立ち止まったその直後である。

ずずん！　と地響きがしてセシルの足元が大きく沈んだ。

「な――!?」

地面が崩壊しているのだ。

落とし穴か、セシルの周囲が崩れ落ちていく。

俺は舌打ちをしながらも、セシルに手を伸ばし摑《つか》んだ。

「な、何故僕を助けた!?」

「黙ってろ、舌を嚙《か》むぞ」

俺だって助けたくて助けたわけではない。

つい身体《からだ》が動いてしまったのだ。

ったく我ながら全く損な性分だぜ。

「じっとしてろよ。引き上げてやるからよ」

そう言って引き上げようとした瞬間、俺の足元も大きく揺らぐ。

――落ちる。

跳ぼうとしたが間に合わず、俺たちは穴の中へと呑《の》み込まれていく。

「うわぁぁぁぁあっ!?」

「こら！　暴れんな！」

パニックを起こしているのか俺に抱きついてくるセシル。

なんとか引きはがした俺の目の前、床の上には無数の針が生えている。

ニードルトラップか。だがこのくらいなら対処可能。

俺は『魔術師』のジョブをセットすると、スキル欄《らん》にあるアイスショットを発動させる。

かざした手から氷の塊《かたまり》が発射され、針の床へと飛んでいく。

氷の塊が針に激突し、俺たちは無事その上に着地出来る――その予定だった。

――だが、地面に落ちた氷の塊は、針ごと地面を貫き大穴を開けてしまった。

しまった、予想以上に威力がありすぎたようである。

抜けた床の底、闇の中へと俺とセシルは落ちていく。

「きゃ――っ！　きゃ――っ！」

「うるさいぞセシル。ちょっと黙ってろ」

女のような悲鳴を上げるセシルに掴まられて落ちることしばし、ようやく地面が見えてきた。

地面というか、先刻床を貫き地面に突き刺さった氷の塊が、だ。

このままでは激突してしまう。

かなりの速度で落下している。セシルを抱えているから受け身も取れない。
――だが手はある。
俺はファイアアローを発動させ、氷の塊に向けて放った。
放たれた火の矢が氷の塊に突き刺さり、どんどん溶かしていく。
氷は水に、そして湯へと変わっていく。
氷の塊は中央が溶けて湯溜まりとなり、俺たちはその中へと落ちた。
どぱぁん！　と水しぶきと共に着水した俺は、すぐ水面から顔を出す。
「ぷはっ！」
見ればセシルも無事、浮かび上がってきた。
水をクッションにする作戦は上手《うま》くいったようである。
ぷかぷか浮かびながら氷から降りようとして、止めた。
ジョブを『盗賊《とうぞく》』にして『気配察知』を発動させておこう。
床をぶち抜いて下の階層にまで落ちたのだ。
ダンジョンは下に行けば行くほど、強い魔物がいるらしい。
水から出る前に安全かどうか、周囲の確認をしておいた方がいいだろう。
俺はジョブを『魔術師』から『盗賊』にセットし直す。
すると今まであった氷が消え、地面に落ちた。

『氷が消えた……？』

『分析の結果、あの氷は魔素で構成されたものでした。魔術師でなくなった途端、魔素が霧散したので元の元素に戻って消えたものと思われます』

なるほど、つまり魔術というのは空気中の元素と魔素を化学的に融合させ、超常現象を起こしているのだ。

『魔術師』でなくなればそれは解除され、何もない状態に戻るというわけか。

辺りに少しばかりの水が残っているのは、氷が溶けて水になった為に元素が変化し、魔素が霧散しても消滅し切れなかったのだろう。

天井を見上げると、ぶち抜いた箇所《かしょ》が早くも修復されつつある。

『ダンジョンを構成する物質には魔素が多く含まれています。構造が変わったり、魔物が出現するのはこれが理由かと』

『魔術で出来た氷と似たような構造で作られてるというわけか』

このダンジョンは町が出来る前からあると聞く。

製作者が意図的に設置したものだろう。

そこへ現地民が町を作った、というわけか。

「おっと、それより大丈夫か？　セシル」

「つつ……あ、あぁ。大丈夫……だ……」

自力で起き上がろうとするが、難しいようだ。

仕方なく手を貸してやると、ようやく立ち上がってきた……が、突如苦悶《くもん》の表情を浮かべてしゃがみ込む。

「ぐ……っ!?」

右足を押さえ、蹲《うずくま》るセシル。

どうやら着地の衝撃で右足を痛めたようだ。

しかしそれでも立ち上がり、歩き始める。

「おいおい、そんな身体でどうするつもりだ。一旦休んだ方がいいぞ」

「……助けてくれたのは礼を言う。だが、僕はこんなところで立ち止まってはいられないんだ……！」

痛めた足を引きずりながら、剣の鞘《さや》を杖《つえ》にして歩くセシル。

だがそれも長くは続かず、すぐに崩れ落ちてしまった。

「言わんこっちゃない。ほれ、ちょっと見せてみろ」

「な……き、貴様！　何をする！」

「いいからいいから」

無理矢理にセシルを寝かせ、グリーブとその下の長い靴下《くつした》を脱がせると、細くてしなやかな素足が覗《のぞ》いた。

やたら綺麗《きれい》な足だな。女みたいだ。

セシルの足首は赤く腫《は》れているようだった。

「ふむ、軽い捻挫《ねんざ》だな。ちょっと待ってろ。応急手当てをしてやる」

俺は服の袖《そで》を破くと、セシルの足に強く巻き付ける。

テーピングをすれば歩けるようにはなるだろう。

「これでオーケーだ。しばらく休めば歩けるようにはなるだろうよ。試験は明日まである。今日休んでも明日までに帰ればいいじゃないか」

「しかし――」

「こんなところで立ち止まれない、ね。……俺は知ったこっちゃないが、それで死んだらどうするつもりだ？　一生立ち止まる羽目になるぜ？」

「……」

俺の言葉にセシルは押し黙る。

自分の立場をようやく理解したようだ。

先刻までの勢いはどこへやら、すっかり大人しくなった。

やれやれ、これだからガキは世話が焼ける。

『アレクセイ、体温が落ちています。身体を乾かした方がよろしいのでは？』

言われてみれば、びしょびしょだ。

これはいかんと思った俺は、おもむろに服を脱ぎ始める。

それを見たセシルは、驚き目を丸くする。

「な、何をするつもりだ!? アレクセイ」

「何って……身体を乾かさないとだろ。ほら、お前も服を脱いだらどうだ」

「ぐ……し、しかし……」

何故かセシルは顔を赤らめ、服を脱ごうとしない。

男同士で何を恥ずかしがっているのだろうか。

「ま、いいけどな。とりあえず火を出しておくから暖まれよ」

『気配察知』によると近くに魔物はいないようだ。

俺はジョブを『魔術師』に戻し、ファイアアローを最弱で発動させる。

焚《た》き火《び》ほどの大きさの炎が生まれ、それを維持する。ふぅ、暖まるぜ。

「は、は、はっくち!」

セシルは口元を押さえ、大きなくしゃみをした。

「だから言ったじゃないか。ほれ、こっち来い。セシル」

「う……わかった……」

服は脱がないままだが、セシルはこちらに寄ってきて火にあたり始める。

暖まってきたからか、青白かった顔色はすぐに赤みを取り戻していく。

そうしてしばらく、俺とセシルは無言で火に当たっていた。

「……『魔術師』は嫌いだ」

セシルが沈黙を破る。

「卑劣《ひれつ》で、姑息《こそく》で、汚くて……凄《すさ》まじい力を持っているくせにそれを自分の為にしか使わない、身勝手に力を振るう奴らが、嫌いだ」

お？　なんだ？　喧嘩《けんか》売ってんのか？

折角《せっかく》助けてやったのに罵詈《ばり》雑言《ぞうごん》並べられると、いかに温厚な俺でもムカっときたぞ。

「相当『魔術師』が嫌いなようだな？　『魔術師』に親でも殺されたのかよ？」

「……そうだ」

セシルは長い睫毛《まつげ》を伏せながら続ける。

「僕は貴族の家柄だ。ラングリッド家といえばその地では知られた名だった。僕はそこで何不自由なく暮らしていた。……しかしある日、旅行に行っていた僕が家に帰ると屋敷が燃えていた。両親も、跡継ぎだった兄も殺されていた。後でわかったが、家で雇っていた『魔術師』の仕業《しわざ》だったらしい。金欲しさに僕の家族を皆殺しにし、家に火を付けたそうだよ……！」

ぎり、と唇を噛《か》むセシル。

悔《くや》しさに涙を浮かべていた。

「奴を見つけて復讐《ふくしゅう》すべく、僕は『冒険者』になった。上位クラスになれば得られる情報も桁違《けたちが》いだし、実力を上げるにももってこいだ。金を得られればラングリッド家の再興も出来るだろう。だから——」

「こんなところで立ち止まってはいられない、か？」

こくり、とセシルは頷《うなず》く。

なるほど、ギルドで会った時からやたらと俺に突っかかってきたのはそれが理由か。

八つ当たりも甚《はなは》だしいが、気持ちはわからんでもない。

その目は復讐に燃えている。戦場でよく見た目だ。

敵討《かたきう》ちに燃える鋭い瞳、しかし険しく釣り上がっていたセシルの目がふっと緩《ゆる》む。

「……だがアレクセイ、君のような『魔術師』もいるのだな。先刻までの非礼を詫《わ》びよう。本当に済まなかった」

セシルはそう言って頭を下げる。

拍子抜けした俺は、急に照れくさくなってきた。

「いいってことよ。そんな理由があるなら、尚更休んどけ。こんなところで焦って死ぬわけにはいかないだろ？」

言うまでもなく、休息は大事だ。

コンディションを維持し、任務を遂行《すいこう》するには適宜《てきぎ》休息をとった方が効率が良い。

セシルも冷静になり納得したようで、頷いた。

「あぁ……そう、だな……」

そのまま、目を瞑《つむ》りウトウトとし始める。

よほど疲れていたのだろう。

俺もちょっと眠くなってきた。

『シヴィ、少し寝る。敵が来たら教えてくれ。アラームを午前六時に設定。早起きしてから、地上へ戻る』

『了解、お疲れ様でした。アレクセイ』

俺はシヴィにそう命じると、横になり眠りにつくのだった。


ピ――――と、電子音と同時に跳ね起きる。

身構えていると、頭の中にシヴィの声が響いた。

『おはようございますアレクセイ、午前六時です』

『……あぁ、おはようシヴィ』

どうやら通常のアラームだったようだ。

安堵《あんど》しつつ、すっかり乾いた服を着る。

『魔物は近寄ってはきませんでした』

『ふむ、近くで動いている人間を感知して動いているのかもな』

昔のＭＭＯ《多人数参加型ＲＰＧ》等では、容量の都合でプレイヤーが近づかなければ全《まった》く動かない魔物も多く存在する。

当時はそれを利用してハメ殺したりしたものだ。

とはいえそれが確定したわけではないし、警戒はしなければ。

ジョブに『盗賊《とうぞく》』をセットすると、周囲に魔物の気配が生まれた。

強い魔物が多いのか、一階層よりも一つ一つの気配が大きいな。

「ん……」

俺が現状を把握《はあく》していると、目を覚ましたのかセシルが起き上がった。

「おう、起きたか」

俺を見てパチパチと瞬きした後、セシルは飛び起きた。

「な、なな……っ!?」

「落ち着け、ダンジョンで怪我《けが》をして、眠ってたんだ」

「あ……そ、そうだったな。取り乱してすまなかった。今は何時だ？」

「午前六時、朝飯を食ったらすぐに出発しよう」

そう言って俺は、ポケットからビスケット型の携帯食を取り出した。

腹が減っては戦《いくさ》は出来ぬ。

半分に割り、セシルに渡す。

「……これは？」

「俺の故郷での携帯食だ。味は保証しないが栄養は抜群《ばつぐん》だぞ」

「ありがたい」

セシルは礼を言うと、携帯食を齧《かじ》る。

「な、なんだこれは！　ビスケットのようだがこんな複雑な味がする食べ物は食べたことがないぞ！　これも魔術なのか？　アレクセイ!?」

そう言ってすごい勢いで食べてしまった。

気に入ったのなら何よりである。

この携帯食は長期間の食生活に耐えるよう、絶妙に飽きづらい味に仕上がっているからな。

慣れるとちょっと変わったビスケットだが、結構中毒性もあり俺も最初の一週間はかなりハマった。

「さて、朝食も食べたし、早く登って帰ろうぜ」

「あぁ、そうだな……つっ」

どうやら先日の捻挫《ねんざ》がまだ痛むようで、セシルはひょこひょこと足を庇《かば》いながら歩いている。

「やはり痛むのか？」

「……問題ない。先日に比べると随分《ずいぶん》マシになった」

強がっているが明らかに痛そうだ。

こんな速度で歩けば時間がかかりすぎるし、かといって放置していくのも気が引ける。
『アレクセイ、『僧侶』のジョブを試してみてはどうでしょう？』
シヴィの言葉に俺はそういえばと頷く。
名前からして回復系だろうし、これを使えばセシルの傷を癒《いや》せるかもしれない。
俺は早速『僧侶』のジョブをセットする。

アレクセイ＝ガーランド
レベル86
ジョブ　僧侶
力Ｂ
防御Ｃ
体力Ｂ
素早さＣ
知力ＳＳＳ
精神ＳＳＳＳ
パッシヴスキル
奇跡Ｃ　薬品精製Ｃ

奇跡は僧侶スキルが使用可能、薬品精製はアイテムを使って色々なポーションを作れるらしい。

どれ、回復スキルはあるかな……と。

奇跡に意識を集中させると、スキル欄《らん》が出てきた。

ヒール
キュア
プロテクション

ヒールとキュア、どちらが回復っぽいかな。プロテクションは明らかに防御っぽいスキルだし。

まぁどちらも試してみればいいか。

とりあえずヒールを発動させてみると、セシルの身体《からだ》が淡い光に包まれた。

「え……？　な、なんだ？　傷が治って――」

不思議そうに足を触るセシル。

先刻まで痛そうだったのが嘘のようだ。

どうやらこちらが当たりだったようだ。

恐らくだがキュアの方は状態異状の回復だろうな。また今度試してみよう。

「驚いたな……アレクセイ、君は『僧侶』のジョブも持っているのか」

「ふふん、尊敬してもいいんだぞ」

俺がにやりと笑うと、セシルも苦笑いを返す。

「……やはりいけ好かない男だ」

と言いつつも、先日までの暗い雰囲気《ふんいき》は薄れていた。

調子が出てきたようである。

『シヴィ、現在位置から上層へのルートを割り出せるか？』

『確実なルート検索は現在の取得データでは不可能です。行き止まりを排除した仮想のルートなら可能ですが』

『構わない、やってくれ』

『了解』

シヴィはマップを色分けし、先に通じている道を示す。

この仮想ルートは探索状況に応じて適宜変更され、出口への最短ルートを示す。

精度は探索範囲が広がる程、正確になっていく。

あとは出来るだけ敵を避けながら進むだけだ。

ジョブを『盗賊』に戻して、探索を始める。

「こっちだ」

俺はずんずんと歩いていく。

セシルは戸惑いながらもついてくる。

「随分《ずいぶん》迷いなく進むが、道筋がわかるのか？」

「カンだ。別行動したいなら好きにしていいぞ」

「……いや、行くさ。怪我を治してもらったんだ。戦闘でその借りは返す。君は『魔術師』だろう？　前衛は任せてくれ」

そう言って微笑《ほほえ》むセシル。

どうやら調子が出てきたようだな。

それじゃあ雑魚《ざこ》戦《せん》はお任せしますか。

「てあっ！」

セシルの斬撃《ざんげき》が、色違いのゴブリンを真っ二つに斬《き》り裂く。

多分ゴブリンの上位種なのだろう。

以前戦ったものより、動きが鋭かった。

しかしセシルの動きはそれ以上で、あっさりと斬り伏せてしまった。

口だけではないようだ。

魔物を倒しながらも俺たちは順調に進む。

とはいえ思ったよりも広く、時間がかかっていた。

一時間ほど経過し、やや焦り始めた頃である。

『アレクセイ、この階層の地図がほぼ完成しました』

『やっとか』

提示された全ルートを探索し、ほぼマップ全域を回ったぞ。

最後の最後で引き当てるとは、本当に運がない。

ともあれようやくゴールだ。俺はその場所に向かう。

近づいていくと一際《ひときわ》大きな反応が見えてきた。

「この反応……妙にデカいな」

「ダンジョンには各階層ごとに、そのフロアを守るボスが存在する。恐らくそれだろう」

どうやら階層ごとにボスがいるらしい。

ん、ちょっと待てよ？　ということは上る階段と降りる階段、両方にいるんじゃないか？

この先が降りる階段の可能性もあるのか。だったらまた振り出しである。

「ま、行ってみようぜ」

立ち止まっていても仕方ない。

俺は警戒しながらも近づいていく。

壁を曲がったその先に見えたのは、巨大な上り階段だった。よし、当たりだ。

階段の先には、大きな魔物が見える。

角《つの》が生え、手には棍棒《こんぼう》を持った鬼のような後ろ姿だった。

「……オーガだ。強敵だぞ」

セシルがごくんと唾《つば》を飲み込む。

階層ボスだし、それなりに強いのだろうか。

「僕一人では絶対に勝てない相手だ。しかしアレクセイ、君と一緒なら勝ち目があるかもしれない。まず僕が突っ込んで敵を翻弄《ほんろう》する。隙《すき》を見つけたら即座に魔術を撃ち込んでくれ」

そう言ってセシルは立ち上がり、剣を抜こうとした。

おいおい、ここから斬りかかるつもりかよ。

戦いでは高い場所にいる方が圧倒的に有利だ。

「いや、ここから狙い撃つ」

「へ？」

呆《ほう》けるセシルに構わず、俺はファイアアローを発動させる。

炎が俺の右手に集まり、さらにデカく、次第に弓矢の形を作っていく。

ファイアアローは溜めることで威力を増すのだ。

極限まで溜めた炎の矢を、放つ。

ばしゅう！　と飛んでいった炎はオーガを貫き、上半身を消しとばした。

オーガを倒した。５６２ＥＸＰ獲得。


あれ、思ったよりあっさりだったな。

経験値もそんなに多くないし、そこまで警戒するような敵ではなかったのかもしれない。

セシルは口をあんぐりと開け、オーガが消滅するのを眺めていた。

「驚いた。君は想像以上にすごいんだな」

「ふっ、惚《ほ》れるなよ」

「……バカ」

何故顔を赤らめているのか。気持ち悪いやつだな。

俺は階段を上ると、マップを確認する。

どうやらまだ探索していない階層のようで、真っ白だ。

『どうやらここが二階層のようですね』

ということはこの階も同様に踏破《とうは》しなければならないようだ。

現時刻は午前八時、前の階層は二時間近くかかったことになるか。

一階層は完全にルートが分かっているとはいえ、レアスライムを倒して帰る必要があるのを考えると、この階は一時間程でクリアする必要がある。

のんびりしてはいられないな。

「セシル、敵は無視して一気に走り抜けるぞ。スピードポーションを使ってついてこいよ」

「わかった」

ジョブを『盗賊《とうぞく》』にセットし、全力で走る。

シヴィの指示のもと、右へ、左へ。

幸い敵は大したこともなく、俺たちの速度についてこられない雑魚ばかり。

だがやはりというか俺には運がなく、結局またマップ全域を走り回ってしまった。

上る階段を見つけたのは一時間半後だった。

「ファイアアロー」

背後から炎の矢を放ち、階層ボスを一撃で撃破する。

犬っぽい獣人が消し炭となり消滅した。

コボルトを倒した。３２０ＥＸＰ獲得。

クラスアップしました。

お、ジョブ欄《らん》の『魔術師』の文字が赤く光っている。

どうやらさっきの戦闘でジョブレベルとでもいうのだろうか、それが上がったらしい。
クラスアップしますかという問いに、当然〝はい〟と答える。
『魔術師』が『魔導師』にクラスアップした。

アレクセイ＝ガーランド
レベル86
ジョブ　魔導師
力C
防御C
体力C
素早さB
知力SSSS
精神SSS
パッシヴスキル
魔術B　鑑定B

『盗賊』のときと同じくステータスが少し上がっており、スキルレベルが上がっている。

スキル欄を見るとファイアランス、アイスストライク、エアブラストと名前からしていかにも強化されているようだ。

『鑑定』もより深い情報を得られるらしい。

『盗賊』の時と違いそれ以外は増えてないな。

スキルの数はジョブによるのかもしれない。

「どうした？　ぼけっとして」

「おう、すまんすまん」

そうだった。急がないとあと30分で時間切れだ。

スキルは戻ってからゆっくり試そう。

「アレクセイ」

「ん？」

「世話になった。だが僕たちはまだレアスライムを十体倒していない。ここからは別れて脱出を目指すべきかと思うんだが」

ふむ、言われてみれば確かにだ。

帰りがけに見つかったのがレアスライム一体だけだったら、争いになるからな。

「わかった。そうしよう」

「武運を祈る」

セシルはそう言うと、反対側へと走っていった。

さて、俺も行くとするか。

『シヴィ、レアスライムの場所と入口までのルートを検索してくれ』

『了解』

幾つか、ルートが検索される。

各々《おのおの》所要時間もだ。どれもレアスライム一体狩って15分前後で出口に着く。これなら楽勝だ。

……だが少し待てよ。俺はしばらく考えた後、その中から一つのルートを選んだ。

◇◇◇

──25分後。

暗がりの中に一筋の光が見えてきた。

階段の前に立つミラが俺を見つけてにっこり微笑《ほほえ》んだ。

「なんとか間に合いましたね。アレクセイさん。おめでとうございます。合格です」

「愛する君の為に帰ってきたよ。ミラちゃん」

「あーはいはい、そうですねー」

愛の言葉を軽くスルーされた。つらい。

「ところでその手に持っているものは？」

「ん？　あぁ、レアスライムだけど」

俺に右手では、先刻捕まえたレアスライムがその身をくねらせていた。

「あまり気にしないでくれ」

「はぁ……」

俺の答えに、ミラはやはり不思議そうな顔をしている。

「それよりセシルはまだ帰ってないのか？」

「ええ、間に合わないかもしれませんね」

ステータス画面に表示された時刻は、九時五十八分を示していた。

むう、間に合わなくなるぞ。

苛立《いらだ》ちまぎれに靴《くつ》を鳴らしていると、気配が近づいてきた。

「はぁ、はぁ、はぁ……」

足音が徐々に近づいてくる。

制限時間があと一分となったその時、ようやく息を荒らげながらセシルが現れた。

「はぁ、はぁ……っ、ついた……！」

安堵《あんど》の息を吐くセシルの手にはレアスライムが握られていた。

もしかしてセシルの奴、俺と同じことを考えていたのだろうか。

すなわち俺がレアスライムを狩れなかった時の為に、余分に捕らえるということを。

「よかった……アレクセイ、君は先に合格していたんだね」

「当たり前だ。そしてその手のものはお互い不要のようだな」

「いや、こっちは必要なんだ」

そう言ってセシルは、レアスライムに一撃を加える。

消滅と共にミラはにっこり微笑んだ。

「はい、セシルさんも合格です。お二人ともお疲れ様でした」

まだ自分でレアスライム十体倒してなかったのか。

ということは俺の為に捕獲してきた、のか？

自分が合格出来ないかもしれないのに？

訝《いぶか》しむ俺を見て、セシルはふいと目を背ける。

「僕がこの場に立っているのはアレクセイ、君のおかげだからな。僕が合格して君が出来ないなんてあってはならないことだからね」

「セシル、お前……」

なんというイケメン。

はにかむセシルを見て、ミラも感心している様子だ。

むぅ、悔《くや》しいが俺の負けだ。お前の方がいい男だよ。

ほんのちょっぴりだけどな。

◇◇◇

合格した俺とセシルはすっかり意気投合し、屋台で飲み明かしていた。

いい気分だ。歌でも歌いたい気分である。

「全《まった》くよぉ、最初はむかつく野郎だと思ったが……ヒック、お前意外といい奴だなぁ」

「僕なんて大したことないさ。アレクセイ、君こそ本当にいい男だ」

「へっ、そいつはどうも……おっとと」

フラつく俺を、セシルが支える。

ふわりといい匂《にお》いが鼻腔《びこう》をくすぐった。

しかしこいつ、男の癖《くせ》にいい匂いがするな。

『飲み過ぎですアレクセイ、これ以上のアルコール摂取《せっしゅ》は身体《からだ》に毒ですよ』

「むぅ、まだいけるぞー」

『はぁ、声に出てますよ。今日はもう帰りましょう』

「アレクセイ、そろそろ帰ろう。あまり飲むと身体によくないぞ」

シヴィと同調するようにセシルが言う。

よく見ればセシルも足をふらつかせ、顔を紅潮させていた。

確かに飲み過ぎはよくないか。今日のところはこの辺にしておくとしよう。

「わぁったよ。ったく、じゃあ帰るとするか。セシル、お前の宿はどこだ？」

「そこの角を曲がった先にあるところだ」

「おー！　なら俺と一緒じゃないかよ！」

「そ、そうなのか……」

まさか偶然同じ宿だったとはな。

まったくもって世間は狭い。


「さーて、風呂に行くとするかぁ」

宿に帰った俺は、機嫌よく鼻歌を歌いながら大浴場に向かう。

酔いが回っているのか、頭がふわふわしている。

脱衣所で服を脱ぎ、中へ。

「おー、露天風呂かぁ」

風情《ふぜい》があっていいじゃないか。

身体を洗い流して湯船に入ろうとすると、湯煙の中に人影が動く。

「ひゃっ!?」

俺に気づいた人影が悲鳴を上げた。

まさか女性が入る時間帯だったか？

この大浴場は二時間おきに男女が入れ替わる仕組みだ。

ちゃんと確認したつもりだったが、酔っぱらってて看板が見えてなかったかもしれない。

俺は慌てて後ろを向いた。

「す、すまん。先客がいたとは……」

と言いつつ横目で湯船の方をちらっと覗《のぞ》く。男の子だからね、仕方ないね。

湯煙の中、目を細めてようやく見えたのは……湯船に隠れるように浸かるセシルだった。

「あ、あ、アレクセイ！　何故こんなところに……！」

「……なーんだセシルか。びびって損したぜ」

そして残念だった。女だったらよかったのにな。

確かにセシルはきゃしゃで丸みを帯びた身体だが、男である。胸もないし間違いない。

やっぱり男湯の時間でよかったんじゃないか。やれやれ。

俺は踵《きびす》を返し、ざぶんと風呂に入った。

「なんで入ってくるんだ！　君は！」

「なんでって風呂入りに来たんだから当然だろ。ふー、生き返るー」

俺は全身を伸ばしてリラックスする。

セシルは何故か俺から離れ、顔の下半分を水に浸けていた。

妙に顔が赤いし、及び腰である。

「ん、恥ずかしがってるのか？」

「は、恥ずかしいに決まっているだろう！　何言ってるんだ全く……」

男同士だし隠す必要なんてないと思うんだが。よくわからんな。

「それに僕は……そんな立派な身体でもないし……堂々と見せられるようなものでは……」

細身ではあるが、セシルの体つきは決して悪くない。

実戦で鍛えられたいい肉体である、特に鎖骨《さこつ》から胸にかけての盛り上がりは、かなりのものだ。

「何言ってんだ。十分立派だと思うぜ。胸の辺りとかよ」

「な、な、な……ッ！」

俺の言葉にセシルは顔を真っ赤にしていく。一体どうしたのだろうか。

「馬鹿——っ！」

「いてっ！　何すんだ!?」

「うるさいっ！　向こうへ行ってろ！」

風呂桶《ふろおけ》を投げつけながら離れていくセシル。

そんなに恥ずかしがらなくてもいいのに。傷つくじゃないか。

『アレクセイ、当然気づいていると思ったのであえて言いませんでしたが、セシルは……』

シヴィが何か言っているが、酔いと頭痛でいまいち頭が働かない。

くそ、いいところに当たったからな。頭がぼおっとするぞ。

そろそろ出た方がいいかと思い湯船から立ち上がると、俺の一物を見たセシルが両手で目を塞《ふさ》いだ。

「きゃ――――っ!? ななな、何をしているんだ君はっ!?」

「はぁ？ もう上がるんだよ。お前こそガン見するなよ」

「するかっ！」

してるけど。指の隙間《すきま》から目をしっかり開けているのが見える。

まぁいいか。さっさと出よう。

「ふぁあーぁ。寝るわ。おやすみ」

「#$¥&；%@＊&%&~~ッ!?」

声なき声を上げるセシルを尻目に俺は風呂から出る。

やはり深酒からの長風呂はよくないな。

俺はまっすぐ部屋に帰ると、水を飲んで眠りについた。

◆

アレクセイのいなくなった浴室にて。

ちゃぷん、と水音を立ててセシルは湯船に顔を沈める。

「全くあいつは……いきなり女湯に入ってくるなんて一体なにを考えているんだ⁉」

口を開くたびにポコポコと泡《あわ》が浮かび、水面で割れていく。

水中にゆらめくセシルの肢体《したい》は今更言う必要もなく女性のそれだった。

丸みを帯びた肩、くびれた腰、豊かな胸は湯船の中でゆらゆらと揺れている。

「看板にちゃんと『女湯』と書いてあっただろう。酔っているからといって普通は気づくはずだぞ。僕が騒ぎにしなかったからよかったものを、他の女性が入っていたらどうなってたか⁉

ああもう、本当にあいつは馬鹿で、浅慮《せんりょ》で、破廉恥《はれんち》で……」

堰《せき》を切ったようにアレクセイへの文句をつらつらと並べるセシル。

だがその口元は微笑を湛《たた》えており、柔らかい表情であった。

すぐにそれを自覚したセシルは慌てて顔を引き締め直す。

「あーその……ま、まぁ助けてもらったのは当然感謝しているぞ。ぶっきらぼうだが意外と優しい。戦闘力申し分ない。しっかりした逞《たくま》しい身体《からだ》をしていたし、頼もしいのは確かだ。それに時々ドキッとするような力強い声で喋《しゃべ》るし、うん。あとはその、案外顔も嫌いではない……かな……」

言いかけてセシルの顔がぼっと赤くなる。

ざばっと勢いよく顔を湯船に浸けて、バシャバシャと洗う。

「な、何を言ってるんだ僕は！　ははっ！　あははっ！　……はぁ、僕も大分酔っているみたいだな」

長い息を吐いて呼吸を落ち着けたセシルは、静かに呟《つぶや》く。

「……だが、僕を女扱いしなかったのはアレクセイが初めてかもしれない」

幼少時には家族に、女であるお前には剣の訓練など必要ないと言われた。

冒険者になってからも女向けだからと軽い任務ばかり押し付けられた。

パーティを組んだ男たちからいやらしい視線を受け、寝込みを襲われたこともある。

勿論《もちろん》撃退したが、そうした事情からセシルは気軽にパーティも組めず、中々ランクを上げられなかったのだ。

「もしかしてあいつは僕の事情を察して、わざとあんな風に接してくれたのか？　まさか……いや、だとしたら彼のような男こそ真の紳士と言えるのかもしれない……彼と一緒なら、僕は……」

セシルはそう呟いて夜空を見上げた。

流れる星がセシルの瞳に映り、消えていった。

◆

「くあ――――、よく寝たぁ」

身体をボキボキ鳴らしながら、起き上がる。

うん、快調快調。やはり寝るのはベッドの上に限るな。

美女と一緒ならなお良しなんだが……この町には風俗とかあるんだろうか。あとで探してみよう。

『そういやシヴィ、昨日風呂入ってる時、セシルがどうとか言ってなかったか？』

『はて、何も言っておりませんよ。ニヤニヤ』

『む、気持ち悪いな……』

『聞かぬが花かと思いまして』

なんだかわからんが教えてくれないようだ。

わざわざ聞くのも癪《しやく》だし、どうせ大したことではないだろう。

「まぁいいや。とりあえず飯だ飯」

俺は部屋を出て食堂へ向かう。

食堂では何人かの冒険者が食事をしており、俺もおばちゃんに金を渡し、食事を貰《もら》う。

パンとシチューという簡素なものだが、パンはふわふわでシチューは具沢山《ぐだくさん》。

新鮮なオレンジジュースが嬉しい。

「いただきまーす」

手を合わせるとすぐに食べ始める。

うん、美味《うま》い。携帯食にはこういう食べてる感ってのがないんだよなぁ。

幸せを噛《か》み締めていると、きっちりと鎧姿《よろい》に着替えたセシルも食堂に入ってきた。

「おう、セシル。今日はピシッと決めてるじゃねーか！　昨日はあれだけ乱れてたのによ。はっ！」

俺が声をかけると、どよっとざわめきが起きる。

「っ……あ、アレクセイ……！　おまっ！　何を言ってるんだ⁉」

呼び止めるとセシルはあからさまに動揺《どうよう》した。

真っ赤な顔で階段を降りてきて、俺の襟首《えりくび》を摑《つか》んだ。

周りの連中もやたらと動揺しているように見える。俺何か変なこと言ったか？

「いいい、言っていいことと悪いことがあるだろう！　変な誤解を与えたらどうするつもりだ⁉」

「変な誤解って……一緒に風呂に入った仲じゃあねーか。水臭《みずくさ》いな」

どよよっ、と更にその場に動揺が走る。

なんだこいつら、男同士で風呂に入るのがそんなに変だろうか。

俺が首を傾《かし》げていると、シヴィが何やら小刻みに震えている。

なんだなんだ、どいつもこいつも一体どうしたんだ？

「おかしいのはお前だぁぁぁぁっ！　来いっ！」

「いでででっ！　お、おい！　まだメシの途中なんだぞ!?」

「知るかっ！」

セシルに耳を引っ張られ、俺は食堂を飛び出すのだった。

その後、セシルに長々と説教を喰らってしまったのである。

一体どういうつもりなのだ。誤解されたらどうする。私たちは一緒に風呂に入ってない！

あれは夢だ。幻だ。いいな！　……と念入りに口止めされてしまった。

どうもこの世界ではあまり下ネタは言わないほうがいいのかもしれないな。

◇

「おほん、ところでアレクセイ。今日はどうするつもりだ？」

「ゴロゴロと寝て過ごすつもりだが」

「君という奴は……仮にも冒険者がそんなことでいいと思っているのか？」

俺の休暇宣言に、セシルは眉《まゆ》を吊り上げる。

なんだよ。身体を休めるのは重要なんだぞ。

「うーん、じゃあナンパでもするか？　お前と一緒なら女の子もついてきそうだし」

「断じて断るっ！」

いきなりキレられてしまった。

そんなに怒らんでも。

「はぁ……じゃあどうすればいいんだよ」

「ギルドへ仕事を探しに行こう。折角《せっかく》Eランクに上がったのだ。もっとやり甲斐《がい》のある依頼があるに違いない！」

キラキラと目を輝かせるセシル。

やる気あるなコイツ。

戦場では真っ先に死ぬタイプとみた。

それはともかく、ギルドに行くのはいいかもしれない。

ランクアップしたし、ミラをデートに誘えるかもしれないし。

いや、誘ってみせる。

「ま、ついていくだけついていってってやるよ。へへ」

「……何故そんなだらしないニヤケ顔をしているんだ」

セシルにジト目を向けられながら、俺はギルドへ向かうのだった。


「ミラちゃーん！　あなたのアレクセイが来ましたよー！」

ギルドに入って開口一番、俺はミラの元へと飛んでいく。

だが何かにつまずいて転んでしまった。

起き上がってみるとセシルが俺に足を引っ掛けていた。

「なにすんだてめぇ！」

「ふん、君がミラ嬢にしつこく迫るのが悪いんだ。少しは自重するんだな」

「んだとぉ!?　ミラちゃんは嫌がってないだろが！　なぁミラちゃんっ!?」

「正直少し迷惑でした。ありがとうございます。セシルさん」

にっこり笑ってセシルに礼を言うミラ。

くっ、俺の味方はいないのか。

「おう、アレクセイ。ランクアップしたみてぇだな。おめでとさん」

「……男はいいや」

声をかけてきたロイに俺は冷めた視線を返す。

男に話しかけられても嬉しくねーわ。

「ところでミラ嬢、依頼を探しに来たのですが」

「そうですね。ランクアップしましたし、幾つかオススメの依頼もありますよ。これなんてどうです？」

「ふむふむ、いいかもしれないな」

ミラとセシルは、二人仲良く話していた。

とても楽しそうだ。

くそう、羨《うらや》ましい。イケメン死すべし。慈悲《じひ》はない。

「アレクセイ、ちょっと来い」

セシルが手招きをしている。

俺が行くと、一枚の書類を見せてきた。

「なになに？『荒野に住む魔術師の屋敷を調査せよ。昨今、この魔術師は怪しい動きを見せている。その詳細を調査、報告してほしい。危険を感じた場合、臨機応変に対応すべし。討伐報酬《とうばつほうしゅうきん》金は銀貨１００枚』……ふーん、要は悪いことを考えているかもしれないから調査して、反撃してきたら懲《こ》らしめても良いって感じか。セシルお前、この依頼を受けるのか？」

「あぁ、君と共にな」

「は？」

呆《ほう》けた返事を返す俺に、セシルが続ける。

「構わないだろう？　どうせやることなくて暇をしていたじゃあないか。僕としても『斥候《せっこう》』と『魔術師』持ちの君に来てもらえれば心強いしな」

「嫌だね。なんで俺がそんなことを……」

「ちなみに調査対象の魔術師は美しい女性らしいぞ」

その言葉に俺の耳がぴくんと跳ねる。

……馬鹿馬鹿しい。美女の屋敷を合法的に調査出来るだと？　しかもあわよくばお仕置まで？　そんな美味《おい》しい話があるわけないじゃないか。

ちら、とミラの方を見ると、にっこりと笑いながら頷《うなず》いた。

「アレクセイさんの好きそうな依頼かと思いまして、確保しておいたのですよ」

ミラが俺のことをそんな風に思っていたなんて……ショックである。

人をなんだと思っているんだよ。

『性獣《せいじゅう》？』

『んなわけないだろ』

更にシヴィが脳内ツッコミを入れてくる。

どいつもこいつも失礼な連中である。

ここはガツンと言ってやらねばならんな。

俺はセシルを正面から見据え、言い放つ。

「その依頼、受けよう」

途端、周囲の白い目が俺に突き刺さった。

解《げ》せぬ。

◇

「さて、まずは買い物をしないとな」

前回は殆《ほとん》ど準備もなしに出立《しゅったつ》したからな。

味気ない携帯食や硬い床で寝るのはもうこりごりである。

金はまだまだあるぞ。うん。

「それはいいが何を買うんだ？　アレクセイ」

「携帯寝具、あと大量の水と食料は必須《ひっす》だな。他にも色々と欲しいものはある」

俺の言葉にセシルは呆《あき》れた顔をしている。

「おいおい、アイテムボックスもないのにそんなに持っていけるはずがないだろう。商人でも連れていくつもりか？　だったら仲間を探すところから始めないと……」

「問題ない。『商人』のジョブならすでに持っている」

そう言って俺はジョブを『商人』にセットする。

アレクセイ＝ガーランド
レベル86
ジョブ　商人
力Ａ
防御Ｂ
体力ＳＳ
素早さＢ
知力ＳＳＳ
精神Ｓ
パッシヴスキル
売買上手Ｃ　アイテムボックスＣ

アイテムボックスの空きは……うん、まだ結構入るな。

「まさか『商人』まで持っているとは……底が知れない男だよ。君は」

「隠していたわけではないんだがな」

「だが、ふむ……それなら問題あるまい。冒険者用品を取り扱っている店なら心当たりがある。そこへ行ってみよう」

セシルに連れられ向かった先は、大きな建物だった。

外には一山いくらの安い武具が置かれており、それだけでなく掃除《そうじ》道具や荷車など様々なものが置かれている。

この雑多な感じ、ホームセンターみたいだな。もしくは大型スーパーとか。

置かれていたカートを取り出し、押して歩く。

中に入ると入口付近には水の入った大きな樽《たる》や革袋、干し肉などの携帯食が並んでいた。

自前の携帯食はまだあるが、補充は出来ないし節約していきたいところである。

水の入った革袋を10個、干し肉を5枚、乾パンを少々カートの中に入れておく。

これで数日分はあるな。あとは現地調達で十分だろう。火や水は魔術で出せるし。

アイテムボックスがあるとはいえ、荷物は少ない方がいい。

セシルも同様に、水と携帯食を幾つかカートに入れていた。

次に向かったのは武器コーナーである。

こちらはそれなりにお高いもののようだ。

ちょっと見てみるか。

俺はジョブに『魔導師』をセットし、『鑑定』で確かめてみる。

アイアンソード（C）
攻撃力54　耐久力50

おっ、結構強いな。俺の買いだめしたロングソードは攻撃力20、耐久力10しかないぞ。

多分外に置いてある奴と同じくらいだろう。

ところで（C）ってなんだろうか。他のも触ってみたが、全てこれがついている。

鑑定がBに上がったからその品質を見れるようになったということだろうか。

まぁ武器はとりあえずいいか。ロングソードがまだあるし。

セシルは熱心に並べられている剣を見比べていた。

「なんだ、新しい武器を買うのか？」

「せっかくクラスアップしたからな。自分へのご褒美《ほうび》だ」

嬉しそうに武器を見ている。

自分へのご褒美って女子かよ。

「……ん」

丁寧《ていねい》に並べられた剣の中から一本、妙な気配を感じたので『鑑定』で確かめてみる。

アイアンソード（A）
攻撃力82、耐久力70

これだけ能力が違うな。やはりAだからか。

同じ武器でも一本一本能力が違うということか。

「セシル、買うならこれがいいと思うぞ」

「む、自分で選ばせろ」

買い物を邪魔したからか、セシルは不機嫌そうな顔になる。

「へいへい、お好きにどうぞ。俺は自分の買い物を済ませるからよ」

「わかった。あとで落ち合おう」


セシルと別れた俺は、野宿の為のテントや椅子《いす》が置いてあるコーナーへ足を踏み入れる。

その片隅に、寝袋的なものが置かれているのを見つけた。

あったあった。その中を色々と見比べて、一番大きなものを選んだ。

中は起毛になっており、暖かそうだ。

しかも足が出せるようになっており、いざという時はこのまま戦闘を行えるということらしい。ウケる。

テントは組むのが面倒そうだし止めておこう。折り畳《たた》み椅子はあってもいいか。

コップも欲しいな。おっ、釣り竿《ざお》もあるぞ。

なんだか楽しくなってきた。

『これはまた……ずいぶん買いましたね、アレクセイ』

『そうか？』

そうかもしれない。カートの上には大量に買うものが積まれている。

下着や衣類、財布にベルトや歯ブラシ、などの日用品も買っておいた。

いい加減新しいのが欲しかったしな。

カウンターへ持っていくと、店員が驚いていた。

「……以上で銀貨58枚と銅貨25枚となります。お客様は『商人』ですので割引させていただきまして……銀貨52枚と銅貨42枚となります。更に大量購入していただいたので、端数はおまけして銀貨52枚となります」

「ありがとう」

俺は財布から金を取り出すと、代金を支払った。

ふむふむ、商人だと割引してくれるようだな。

えーと……一割くらいか。地味だが得したな。

購入したものをアイテムボックスに全て突っ込むと、中に入っていたアイテムに気づいた。

そういえば以前、色んな草をアイテムボックスに入れてたっけ。

俺はそれを出すと、店員に見せた。

「この草って買い取ってもらえるのかい？」

「むむ……カマロ草にハナススキ、ミナズキソウ、ゴボウギ草……申し訳ございませんが殆《ほとん》ど買い取れませんね。ですが薬草に使える草もありますし、全部まとめて銀貨1枚なら買い取らせていただきますが」

「そうか、じゃあいいや」

大した額にはならないのは残念だが、薬草になるというのはいい情報だ。

つまり『僧侶』のスキル、薬品精製でポーションの材料にするのだろう。また採ってくるのも面倒くさいし、ここは売るのはやめておくか。あとで試してみよう。

「それならこっちはどうだ？」

次に取り出したのはレアメダリオンだ。

見た目的には貨幣《かへい》っぽいが、この手のアイテムは高値で売れると相場が決まっている。

店員はレアメダリオンを眺め、ふむと頷《うなず》く。

「これは貴重なものだからウチでは買い取れません。どこかの国ではとても価値があり、それを集めている王様がいて貴重なアイテムと交換してくれるらしいですよ」

「そうか、ありがとう」

どうやら買い取れないらしい。

なるほど、貴重品枠《わく》だったか。こういうパターンもゲームあるあるだ。

ならばこれも売るわけにはいかないな。保管保管。

俺がアイテムボックスを整理していると、ようやくセシルが来た。

「早いなアレクセイ、もう終わったのか？」

「お前が遅すぎだろ」

女の買い物じゃあるまいし、どれだけ時間をかけてるんだか。

……ん、こいつ俺が選んだアイアンソードを買っているじゃないか。

あれだけ言っていたのに可愛《かわい》いところもあるじゃないか。

「……なんだニヤニヤして」

「いーや、別に」

「べ、別に君の言うことを聞いたわけじゃないからな。ただよく見れば自分でもいいなと思ったからなだけで……」

セシルはむすっとしながらも、購入したアイテムをずだ袋の中に入れた。

ともあれ準備完了だ。

待ってな、美女の魔術師ちゃん。俺があんなところやこんなところを詳しく調査してやるからな。ぐふふふふ。

◇

町から馬車で二時間ほど揺られた先、岩山の連なる荒野にて、俺とセシルは降ろされた。

「おいおい、こんなところに美女がいるのかよ？」

「魔術師だ。言っておくが相手が女だからといって容赦《ようしゃ》はするなよ」

魔術師絡みだからか、セシルが燃えている。

やる気を出すのはいいが、あまり熱くなりすぎるなよ。

「ここはノウム族が多く住む岩山都市。彼らの協力を得られれば不自由のない生活を送ることが出来る。人間が訪れることも少なく、何か企《たくら》むにはもってこいの場所だ」

ノウム族とは、町にいた小柄な種族の者たちである。

身体能力はやや低めだが、手先が器用で火の扱いが上手《うま》いという。

主に鍛冶屋《かじや》や大工などの高い技術力を売りにしているらしく、俺たちがいた町でもちらほら見かけた。

どうやらここはそんな彼らが多く住んでいるようだ。

『スキャンしてみましたが、岩山の中に多数の生命反応がありますね。彼らがそのノウム族とやらでしょう』

『洞窟《どうくつ》の中に住んでいるなんて、アリみたいだな』

洞窟の中とか風通しもなくジメジメしてそうだ。

そんなところで暮らす奴の気がしれないな。

「何をしているアレクセイ、まずは聞き込み調査だ。手分けして行うぞ。一時間後にこの場所で落ち合おう」

「はいはい」

俺は生返事をしながら、セシルと別れる。

聞き込み調査ね。それはそれで楽しそうだ。

岩山を見上げれば、その隙間《すきま》からノウムたちがチラチラ見ているのがわかる。

ちびっこくて中々可愛らしいな。

「よっ！」

片手を上げて彼らに挨拶《あいさつ》をすると、驚かせてしまったのか引っ込んだ。

ありゃ、怖がらせちまったかな。

少し歩いてみたが同様で、ノウムたちは俺たちを警戒している様子だった。

『ったく、これじゃあ聞き込みどころじゃないぜ』

『町では人を恐れている様子はそうなかったのですがね。彼らが特別で、本来はこのように引っ込み思案なのかもしれません。もしくはアレクセイの顔が怖いのか』

『そんなわけないだろ。こんないい男、他にいないぞ？』

『そうでしょうか。おや、セシルの方は順調そうですね』

シヴィに促されるように向いた先では、セシルがノウムの女性たちと楽しげに話していた。

なん、だと……今まで俺を見て目を逸《そ》らしていた者たちが、セシルの前ではあんなに朗《ほが》らかに笑っているではないか。

俺の視線に気づいたのか、ノウムたちはセシルの後ろに逃げ込んだ。

解《げ》せぬ。セシルは俺を見て、くすくす笑っていた。

「ははは、心配しなくてもいいですよ。彼は僕の仲間ですから。おーいアレクセイ、君もこっちに来るといい」

「……ふん」

だがそこで張り合うほどガキでもない。

俺は大人だからな。より効率的に動くだけである。ふん。

「おい、そんな不機嫌そうな顔をするな。彼女たちが怖がってるだろう」

「元々こんな顔だ」

俺が近づくとノウムたちはびくっと震えた。

あまり近づくと怖がらせてしまうな。そう思った俺は少し離れて話を聞くことにする。

セシルはしゃがみ込み彼女らに目線を合わせ、優しく語りかけるように尋ねる。

「すまないね。話の腰を折ってしまって……それでその魔術師のことだけれど」

「は、はい。三年前にこの岩山都市に移り住んできたところまで話しましたよね」

セシルが頷くと、女は頬《ほお》を赤く染めながら語り始める。

チートだ、チートがいるぞ。

「町外れに住み着いた女魔術師、イザベラは以前はよくここへ来ていました。彼女は女の私から見てもすごい美人で、男たちは皆、鼻の下を伸ばしていましたよ。ただ大きな屋敷に籠《こ》もったきりで特に害をなすわけでもなく、時々酒場に来てお酒なんかを飲んでいたようですね。色々な人に話しかけていたように思えました」

ふむ、どうやら名前はイザベラ、そして美女というのは本当らしい。

女の可愛いは信憑性《しんぴょうせい》低めだからな。男が群がるってことは相応の美人なのだろう。

裏が取れたのは大きいぞ。

「ですが最近、町でも特に鍛冶《かじ》技術の高い男たちに声をかけて雇い始めたのです。それだけならありがたい話なのですが、雇われた者たちはイザベラの屋敷に行ったきり帰ってこなくなってしまいました。勿論《もちろん》私たちも集まって屋敷に連れ戻しに行きましたが、皆、頑として帰ろうとはせず……夫も私の呼びかけに答えてくれませんでした。……騎士様！　どうか私たちを助けていただけませんでしょうか！」

訴えかける女に、セシルは優しく微笑《ほほえ》んだ。

「……そう、大変でしたね。ですかどうかご安心ください。ご主人たちは必ずや、僕たちが連れ戻してみせます！」

そして女の手を取り、まっすぐ見つめる。

女はまるで茹《ゆ》でダコのように顔を真っ赤に上気させ、ウンウンと頷いた。

おい奥さん方、旦那《だんな》はいいのか、旦那は。

◇

「さて、大体の事情は見えたな」

「うむ、イザベラちゃんは正真正銘《しょうしんしょうめい》美女のようだな」

「……君というやつは」

セシルに冷たい目で睨《にら》まれてしまった。

これ、どう考えても重大事項だろ。

「恐らくイザベラはノウムの鍛冶技術を持った者を捕らえ、怪しんだ通り何かの実験をしているのだ！　ノウムたちが自分で家に帰らないのは魔術で洗脳されているに違いない！」

「魔術師のジョブにはそんなスキルはなかったがなぁ」

攻撃スキルばかりだし、洗脳のようなスキルなんて見当たらなかった。

クラスを上げれば覚えるのかも知れないが『魔導師』になった時の変化から見ても、そうは思えなかったしな。

わざわざ魔術に頼らなくても、人を洗脳する手段などいくらでもあるし、他のジョブのスキルという線も否定できない。

「意外と居心地がいいのかもしれないぜ？　ほら、美女らしいし」

「君、本気で言ってるのか？」

冷たい視線を送ってくるセシル。冗談が通じない奴である。

「依頼はただの調査だが、これだけでは何もわかってないに等しい。何か決定的な証拠を得る必要があるだろう。とにかく屋敷に行くしかあるまい」

「異議なし」

意見が一致した俺とセシルは、イザベラの屋敷へと向かうのだった。

岩山都市から少し離れた見晴らしの良い場所に、大きな屋敷が建っていた。

大きな、というレベルではない。

半径100メートルくらいあるんじゃないだろうか。

帰らなくなったノウムたちがいることを考えても、あまりにデカすぎる。

「これだけ巨大な建築物だ。中で何をしているかわかったものではないぞ……どうする？　いっそ正面から尋ねてみるか？」

「いや、ここから中を探る術《すべ》がある。ここは任せてくれ」

そう言って俺は透明化したシヴィの方を見た。

『なんとなくそうではないかと思いましたが……はぁ、仕方ありませんね』

『頼む、シヴィ』

『了解』

シヴィはやれやれと頭部を左右に振りながら屋敷の方へと飛んでいった。

あの形態のシヴィは飛行速度が遅いし内部スキャンにも時間はかかるだろう。

しばらく暇になった俺とセシルは食事を摂《と》ることにした。

腹が減っては戦《いくさ》は出来ぬ。

「さ、軽く腹ごしらえをしようぜ」

「そうだな。先日の礼だ。今日は僕が食事を作ろう」

「おっ、そりゃありがたいぜ」

俺は自慢じゃないが料理は得意じゃないからな。

軍人時代に何度か食事当番をやったが、他の隊員たちにぼろくそ言われた記憶がある。

まぁそいつらはボコっておいたが。その後自分で食べてオエッてなったが。……うっさいな、人には得意不得意ってもんがあるんだよ。

セシルはずだ袋から鍋《なべ》と水の入った革袋を取り出し、中へ注ぐ。

火打石《ひうちいし》で薪《まき》に火をつけ、その中に干した野菜やら肉やらを切って入れて煮込むと、調味料をさっと一振りした。

おう、干し野菜や干し肉はそのまま食べるのかと思ったが、調理して使うのか。

良かった、恥《はじ》をかくところだったぜ。

セシルはナイフを手に、野菜や肉を手際《てぎわ》よく捌《さば》いていく。

トントンとリズミカルな音と共に切り分けられていく食材は、何かのショーでも見ているかのようだ。

はぁ、見事なもんだな。

俺はただ感心しながらセシルが料理する様子を眺めていた。

そして待つことしばし……。

「さ、出来たぞ」

パンにはいい具合に焦げ目が付いており、小綺麗《こぎれい》に盛りつけられた肉巻きには香草が振りかけられている。

脇に置かれたシチューには色とりどりの野菜が小さく切り分けられて入っていて、さっと作ったとは思えないほど美味《うま》そうだ。

「さ、食べるといい」

「おう、いただくぜ」

セシルから器《うつわ》を受け取ると、一礼して食べ始める。

むっ、これは肉と野菜の味がちょっと違うぞ。

深みがあるというか、いい香りがするというか……料理については全《まった》く分からないので上手《うま》いコメントは出来ないが――

「美味い！　こいつは美味いぜ、セシル！」

「そうか。干し肉は水分を飛ばす過程で旨味《うまみ》が凝縮されるからな。とてもいいダシが出るんだよ。それに野菜も傷まないよう、下処理をしておいたからな。簡単には味が落ちることはない」

俺の言葉に気をよくしたのか、饒舌《じょうぜつ》に語り始めるセシル。

そういえば出立《しゅったつ》前に色々やってたみたいだが、そんなことをしていたのか。まるでどこぞの主婦みたいだな。

騎士っぽい恰好《かっこう》をしている割に、結構庶民《しょみん》的である。

「だが喜んでもらえて嬉しいよ。一人で食べる食事というのは少々味気ないものだからな。ふふっ」

――それに、笑うと結構可愛《かわい》いじゃないか。

「あぁ、お前きっといい嫁さんになるぜ？」

「……ッ!?」

俺の言葉に何故か顔を赤らめるセシル。

髪の毛を指でクルクルしながら、恥ずかしそうに目を逸《そ》らす。

「そ、そうか……？」

女だったらよかったのになぁという意味の冷やかしだったのだが……一体何を照れているのだろうか。

あまり冗談が通じない奴だな。相手を選んで言うべきだった。

食事の片づけをしていると、セシルが声をかけてくる。

「ところで屋敷の件はどうなった？　さっきから何もしていないように見えるが……」

「仕事はやってるさ。多分そろそろ……おっ」

噂《うわさ》をすればなんとやら、ようやくシヴィが戻ってきたようである。

『ごくろうさん。首尾《しゅび》はどうだった？』

『屋敷の周囲を回りながら内部をスキャンしましたが、どうにも妙ですね。とりあえずデータを送信します』

シヴィから送られたデータは、確かに妙なものだった。

屋敷の居住スペースらしき場所は外周にしかなく、内部は庭になっている。

不思議なのは地下が写っていないのだ。

地中すら映らず、遮断《しゃだん》されているのである。

『なんだこりゃ？』

『恐らく電波を通さない特殊な金属で蓋《ふた》をされているものと思われます。現在中に人はいませんので、直接調査した方が早いかと』

ふむ、電波を遮断する壁に覆《おお》われているとは……ただの屋敷ではなさそうである。

ともあれ俺は地面に屋敷の見取り図を描いていく。

「……屋敷の内部はこんな感じだ」

「すごいな。こんなに詳細に中の様子がわかるとは……それも魔術なのか？」

「ま、そんなところだ。今のところ中には人は見当たらない。おそらく地下室にでもいるのだろう。中に潜入してみよう」

「わかった」

俺たちは屋敷へと近づいていく。

近づいて見ると屋敷はやはり巨大で、門も見上げる程の大きさだった。

セシルが扉を押してみるが、びくともしない。

「くっ、やはりカギがかかっているな……どうするアレクセイ？」

「鉄製の閂《かんぬき》で留めているだけの簡素なものだな。これなら普通に断ち切れる」

その前に念の為、ジョブに『盗賊《とうぞく》』をセットしておく。

今は人がいないようだが、いつ地下から出てくるとも限らない。

『気配察知』で読み取る限りは……うん、大丈夫そうだ。

俺はサバイバルナイフを取り出すと、閂の隙間《すきま》から閂に刃を押し当て、力を込める。

こいつは強化セラミック製、鉄だろうがなんだろうが切断可能である。というわけで……よいしょっ。

かきん、と鋭い音がして閂は真っ二つになった。

金属を切るには、押すようにして一気に引くのがコツだ。

「さて、中に入るぞ」

扉を開け放ち、中に入る。

屋内は生活感はなく殺風景《さっぷうけい》で、生活感が感じられない。

部屋を開けて中を見ると、寝るためだけの部屋といった感じでベッドが幾つも並んでいた。

他の部屋も似たような感じで、長い廊下《ろうか》とベッドのある部屋と、食堂しか見当たらない。

「生活している気配はあるが、誰もいないいな」

「やはり本命は地下か。どうにかして壁の向こうへ行くしかないな」

通路をぐるりと回ったが、屋敷の中央部は壁で塞《ふさ》がれ、見られないようになっている。

「魔術で壁抜けは出来ないのか？　アレクセイ」

「ぶっ壊して壁抜けすることなら出来るがな。流石《さすが》にバレてしまうだろう。恐らく隠し扉があるはずだから、もう一度注意深く探して……」

言いかけて止まる。

中央部に人の気配を感じた。

俺は立てた人差し指を唇に当て、セシルを黙らせる。

気配は俺たちの方へと近づいてくる。

「……何者かがこちらに来る。隠れて様子を窺《うかが》うぞ」

セシルと二人、物陰に隠れる。

気配は壁の向こうで立ち止まっている。

俺たちには気づいていないはずだが……息を潜めて待っていると、ズズン！　と音がして壁が開いていく。

ここが隠し扉だったのか。

中から出てきたのはノウム族の男だった。

男は扉を閉めて食堂の方へと歩いていく。

「どうやら拘束《こうそく》されているわけではないようだな。どこへ行くのだろうか……あとをつけよう、アレクセイ」

セシルの言葉を聞くその前に、俺は男の背後へと滑り込む。

音もなく背後に立つと男の口を塞《ふさ》ぎ、サバイバルナイフを首元に当てた。

「騒ぐと殺す、声を出しても殺す、動いても殺す。……理解したらゆっくりと頷《うなず》け」

「うわぁ……」

『極悪人ですか、あなたは』
シヴィとセシルがドン引きしている。
何を呑気《のんき》なことを。先手必勝は基本だろう。
俺は構わず続ける。
「おい、聞こえなかったのか？」
「……」
だが男は微動だにしない。
よく見ると目は虚《うつ》ろで、口も半開きだ。
その表情からは意思というものを感じ取れなかった。
こいつはマジに催眠術《さいみんじゅつ》でもかけられているのか……そうだ。
俺は『魔導師』のジョブをセットし、『鑑定』で男を見てみる。

ハインズ＝ローラ
男、ノウム族
レベル３
状態、魅了

やはり状態異常にかかっているようだ。

丁度《ちょうど》いい。あれを試すいい機会である。

俺は『僧侶』のジョブをセットし、キュアを発動させる。

すると男の目に光が戻った。

うん、やっぱりこっちが状態異常回復で正解だったようだな。

「……はっ!? こ、ここは一体……ぎゃーっ! な、なんだべあんたはっ!?」

「落ち着け、あんたを助けに来た者だ」

「ひいっ!? こ、殺さんでけれーっ!」

男は俺の持つナイフを見て、悲鳴を上げる。

そんなにビビらんでも。

しかしキュアで回復するということは、どうやら『魅了』はスキルによる状態異常のようだ。

ということはそのスキルを得て狙った女に『魅了』をかければ、好き放題できるやもしれん。

ぐふふ。

……まぁでもそういうのは趣味じゃないしな。

やはり男なら自分の魅力で落としてこそ、だ。

「なるほど、あんたらが俺らを探しに来てくれたんだべか。あんがとう!」

ようやく落ち着いたのか、男は俺に頭を下げる。

さっきまで「殺さんでけれ、殺さんでけれ」とうるさかったが、セシルの説得でようやく俺たちの話を聞くようになったのだ。

全《まった》く、勘違いも甚だしい。

「オラたちはあのべっぴん魔術師に雇われて働いてただ。だけんども働いてるうちに頭がぼんやりとしてきてよう、いつの間にかずうっとここで過ごしていたんだよ。不思議とここにいなきゃいけねぇ気がして……でもあんたらのおかげで家族の元へ帰れそうだ。本当になんて礼を言ったらいいか……」

「礼は不要です。僕たちはその為に来たのですから」

セシルがキラキラ輝くような微笑を浮かべる。

ええかっこしいめ。そしておっさん、顔を赤らめるんじゃない。

「中には仲間も働いている。助けてやってくんろ！」

「必ず助ける。約束しよう」

「助けるのは俺だけどな。……あんたは外に出てギルドに知らせてくれ。ドンパチやることになりそうだからよ」

「わ、わかっただ！」

男は何度も頷くと、屋敷の外へ出ていった。

「しかし意外だったぞ、アレクセイ。君がここまでやる気を出すとはな」

「ふん、人を意のままに操るような外道《げどう》には仕置きをする必要があると思っただけさ」

そう、えっちな仕置きをな。

これだけの人を操って自分の思うように使うような悪人に人権はない。

捕縛《ほばく》の際に激しく抵抗され、やむなくやりすぎてしまっても仕方のない話であろう。

悪事を働いた者は報いを受けねばならない。くくく。

「……何かいかがわしいことを考えていないか？」

「そそそんなはずがないだろう」

「ならこっち向け。目を逸《そ》らすな、破廉恥男《はれんちおとこ》」

あーあー聞こえない。

「それより先を急ぐぞ。さっきのおっさんから貰《もら》ったカギで中に入れるはずだ」

「おい、無視するな。アレクセイ」

俺はセシルに構わず、壁の前に立つ。

壁の隙間《すきま》によく見ればカギ穴が設置されており、そこにカギを差し込んだ。

ズズン！　と地響きを立て、扉が開く。

中に入ると、目の前に巨大な金属の床が広がっていた。

『近づいてわかりましたが、この金属、電波を弾く素材が組み込まれているようですね。内部をスキャン出来なかったのはそのせいかと思われます』

『そういえば『気配察知』でも地下の様子は探れないな』
しかし広いな。直径50メートルはあるだろうか、
辺りを見渡していると、セシルが急にしゃがみ込む。
「どうやらここから入れるようだぞ」
「またカギ穴、か」
ここまで来たら行くしかない。
俺はカギを差し込むと、扉を開けた。
重い扉を開け中に入ると、螺旋《らせん》階段がはるか下まで続いていた。
俺は警戒しながら、階段を降りていく。
内部は壁も床も金属で出来ており、天井には灯りもある。
進むにつれ鉄と油の混じった臭《にお》いが漂い、人の気配も感じ始めた。
『どうやらノウム族の人がいるのは、ここのようだな』
『ええ、そして内部の構造も見えてきました。これは……』
『ああ、まるで整備ドックだ』
地下室は俺の乗っていた宇宙戦艦にあるそれと、かなり似た造りになっている。
『シヴィ、何かわかるか？』
『かなり古いものである、としか。私のデータにもありません』

なんにせよ、この世界では今まで見なかったものだ。

何故こんな場所にこんなものがあるのかわからんが、俄然《がぜん》興味が湧いてきたな。

「あれを見ろ、アレクセイ」

セシルの指差す先、階段の下ではノウムの男たちが何やら作業に没頭している。

「なんだあれは……ゴーレムを作っている、のか……？」

彼らが作っているのは金属で出来た人形だった。

工場のラインのようにベルトコンベヤーの上を部品が流れ、それを組み上げて作っている。

全長1メートルから3メートルと大きさも形状もバラバラではあるものの、その形状に俺は見覚えがあった。

セシルがゴーレムと呼ぶそれは――俺のよく知るロボットだ。

手足も短く不細工《ぶさいく》ではあるが、十分そう呼んでも差し支えないものばかりである。

『おいシヴィ、こいつは一体どういうことだ？』

『解析中……どうやらある程度自立運動する機械のようですね。機械自体は相当古いようですが、彼らはその修理をしているようです。あの機械、我々とは技術系統がやや異なるようで、魔素による回路を多く組み込んでいると思われます』

つまりどこかから手に入れてきたロボットを、ここで修理しているようだ。

「セシルはあれがなんだかわかるのか？」

「……あれはゴーレムだ。時々地下から発掘され、大きな都市では発掘、修理して使われている。だがゴーレムの所持には領主の許可が必要だ。ギルドに調査の依頼がくるということは、無許可でやっているのだろう。れっきとした犯罪行為だ」

ふむ、セシルの知識と合わせて考えると、どうやらこれらのロボットは地下から出土したものらしい。

以前この星で暮らしていた者たちが捨てていったものを、修理して使っているといったところだろうか。

「アレクセイ、一旦戻るぞ。これだけの規模のゴーレム工場、僕たちだけでは手に余る。ギルドに報告して――」

セシルはそう言いかけて、止まる。

視線の先にいたのは黒衣を纏《まと》った銀髪の美女。

着ている服は布面積が小さく、まるで水着のように背中がぱっくり開いている。

その上に覆《おお》ったマントが、長い黒髪と共に通風孔《つうふうこう》からの風でなびいた。

女の鋭い視線は俺たちへと向けられている。

「あら、可愛《かわい》らしいネズミね。どこから迷い込んだのかしら？」

「貴様がこの屋敷の魔術師、イザベラか！」

女を睨《にら》みつけ、セシルが声を張る。

「その通り……というかあなた方は何者かしら？　人を招いた覚えは全くないのだけれども」

「僕たちはギルドから調査の為に来た冒険者だ！　怪しいことをしていると通報を受けてな！　中を検《あらた》めてみれば人々を魔術で操った上、違法なゴーレムを多数所持……これだけの悪事、タダではすまんぞ！」

「ふぅん、そういうこと……はぁ、領主が力を失っているし、ここらのノウムたちの信頼も得たし、文句を言ってくる者はいないと思ってたけど……まさかギルドが出張ってくるとは思わなかったわぁ」

バスト90……いや95はあるだろうか、かなりの巨乳だ。

鋭い目つきではあるが、大きく綺麗《きれい》な光を宿すその瞳はなんとも魅力的に映った。

「すでに貴様が捕らえたノウム族の一人を解放した！　彼にはこの事実を伝えるように言ってある。報告が領主に届けば、貴様はもうおしまいだ！」

赤く引かれた口紅がセクシーだ。

腰つきもエロい。うむ、俺の正面ど真ん中ストライクである。

「あら、いけない子ね。くすくす、でもいいわ。それなら今からあなたたちを殺して追えば、すむ話だもの……！　ファイアアロー！」

「くっ、炎の魔術か！　……ってアレクセイ!?　何をぼーっとしてるんだ！」

気づけば目の前に、炎が迫っていた。

おおう、攻撃してきたのか。品定めしてて気づかなかったぜ。

俺はジョブに『魔導師』をセットする。

「アイスストライク」

右手から発射された氷の刃が炎に直撃し、消滅させた。

相殺《そうさい》されずに残った氷がイザベラのすぐ横の壁に突き刺さる。

イザベラの顔から余裕の色が消えた。

「……っ！　やるわね。ファイアアロー！」

「ふん、無駄さ」

更にもう一度、炎の矢を撃ってきたが俺もまたアイスストライクで返す。

イザベラの顔を挟んで反対に、もう一本の氷の刃が突き立った。

「な、何をしているのです！　あなたたち、早く奴らを始末しなさい！」

イザベラの命令で、ノウムたちは作業をやめ工具を手に俺たちに襲いかかってきた。

セシルが剣を抜き、対峙《たいじ》する。

「僕が時間を稼《かせ》ぐ！　その間に魔術で彼らを正気に戻してくれ！」

「任せろ」

俺はジョブに『僧侶』をセットして、駆け出す。

攻撃を躱《かわ》してノウムに触れ、キュア。

キュア、キュア、キュア。

セシルがノウムを引きつけている間に、俺はノウムたちにキュアを当てていく。

ノウムたちの数は少なく、すぐ全員にかけ終えた。

「あれ、ここは……？」

「オラたちは一体何を……？」

「よし、正気に戻ったな。現状を説明します。聞いてください！　僕たちは――」

正気になったノウムたちにセシルが現状の説明を始める。

『アレクセイ、イザベラがいませんよ』

『逃げたみたいだな』

辺りを見渡すとイザベラの姿はすでにない。

どうやらあの扉の奥へ逃げたようだが、まだそう遠くは行ってないはずである。

くくく、逃がさんぞ、イザベラちゃん。

◇

イザベラの逃げた先は細長い廊下《ろうか》だった。

やはり壁や床は金属で出来ており、天井には蛍光灯が煌々《こうこう》と光を放っている。

俺とセシルの駆け足の音が、カンカンと高く響いていた。

「それにしても流石《さすが》だアレクセイ、魔術師相手にも全《まった》く遅れを取らんとはな。これなら僕たちだけで捕まえられるかもしれない！」

大手柄を前にして、セシルは興奮しているようだ。

確かにイザベラは洗脳やらなんやらとかなり無茶をやらかしているようだし、捕まえれば大手柄だろう。

手柄を取って成り上がりたいセシルが逸《はや》るのも無理はない。

だが嫌な予感がする。

何か誘い込まれているような……ええい構うか。毒を食らわば皿までよ。

待ってろよ、イザベラちゃん。今懲《こ》らしめてやるからな。

かなり離れた場所に感じるイザベラらしき反応目掛け、真っ直ぐに突き進む。

『アレクセイ、熱源反応です』

『何!?』

シヴィの警告で立ち止まる。

耳を澄ませれば確かに、ガリガリと何かをひっかくような音が聞こえてくる。

現れたのは戦車、しかも砲門を三つ備えた重装型である。

気配を感じなかったのは、相手が無人機だからか。

戦車は機銃砲台を傾け、こちらに狙いをつけてきた。げっ、やばい。

「な、なんだこれは⁉」

「黙ってろ、跳ぶぞ！」

俺はセシルを抱え、跳んだ。

直後、俺たちのいた場所を銃弾の雨が通り過ぎる。

『ガトリングガン装備ですか。殺《や》る気マンマンですね』

『ていうか出来るだけ施設を破壊したくないんだろ』

口径の小さな弾丸なら、建物に大した傷はつかないからな。

反面、人間には効果が抜群《ばつぐん》だ。スキルで操り人形にしていたし、よほど人嫌いとみえる。

「っ……⁉」

弾丸はセシルに掠《かす》っていたようで、肩から血を流している。

俺はジョブに『僧侶』をセットし、ヒールを発動させた。

淡い光がセシルを包み、傷が癒《い》えていく。

「す、すまない……」

「セシルは少しそこにいろ」

俺は立ち上がると、『僧侶』スキルであるプロテクションを発動させる。

こいつの硬度はどの程度かと計るためだ。

防御スキルの強度把握《はあく》は重要だ。何せ俺の命を守ってくれるんだからな。

「プロテクション」

目の前に透明な壁が生まれ、弾丸を全て弾き飛ばした。銃弾程度は防げるようだな。

ガガガガガガガガ！　キキキキキキキンキン！

プロテクションの壁を盾に、俺は戦車へと進んでいく。

これだけ受けても傷一つ付かない。相当頑丈なようである。

戦車はガトリングガンは無効とみてか、もう一個の砲門を向けてきた。

どしゅう！　と発射されたのはミサイル。

ミサイルはプロテクションに接触すると、大爆発を巻き起こした。

「アレクセイっ！」

セシルの悲痛な声が響く——が、俺は無傷だ。

ついでに言うとプロテクションにもヒビ一つついてない。

これは中々便利なスキルだな。両手が空くのもいい。

歩みを進め、俺は戦車の真ん前に立つ。

「さて、動きを止めさせてもらうぞ」

ジョブに『戦士』をセットし、ロングソードを抜き放ち、振るう。

剣スキル、一文字斬《いちもんじざん》を発動させると全身に凄《すさ》まじい力が漲《みなぎ》り、導かれるまま斬撃《ざんげき》を繰り出した。


がぎん！　と鈍い音を立て、戦車の砲台を横一文字に切って落とす。

文字通り一撃に全てを込めるスキルのようだ。

その代わりにロングソードは、もはや使い物にならぬほどひん曲がってしまった。

「アレクセイ、君は『戦士』のジョブまで持っているのか!?　……ベースジョブを全て持っているじゃないか」

「ベースジョブねぇ。ジョブってのは幾つあるんだ?」

「『戦士』『斥候《せっこう》』『商人』『魔術師』『僧侶』の五つのベースジョブに加え、幾つかエクストラジョブがあるらしい。僕も詳しくは知らないがな」

ほう、初耳だ。

ならイザベラの『魅了』もそのエクストラジョブのスキルかもしれないな。

「ちなみに取得条件とか知ってるか?」

「ベースジョブの取得条件はジョブをセットしてない状態で、対応する魔物を一定数倒すことだ。100だったり1000だったり、それは本人の資質によるらしい。エクストラジョブは血筋だったり、特殊な条件下に置かれたり、特殊な魔物を倒したり様々だとか。まぁ全てミラ嬢の受け売りだ。これ以上詳しいことは僕にもわからない」

「なるほど、勉強になったよ」

ジョブの取得条件とかそんなものもあるのか。

ホーミングレーザー《08の武装》でまとめて焼き払ったからな。

あの時、ジョブをセットしてなかったから全てのベースジョブを得れたのだろう。偶然とはいえ運がよかった。

エクストラジョブについては、それを持つ本人に聞くのが一番手っ取り早いだろう。

イザベラを捕らえる理由がまた一つ増えたな。

さて追跡を再開するとするか。

その後、通路を進んでいた俺たちは何度か戦車からの襲撃を受けた。

戦車に小型のゴーレム、銃火器の雨あられを躱《かわ》し、防ぎ、切り払い、突き進む。

「それにしてもこれだけのゴーレムや施設を有しているとは、あの女何者だ？　普通では考えられないぞ」

セシルの呟《つぶや》きに俺も同意する。

地下工場はとても広く、設備も古いが整っているように見える。

これだけの施設、一から揃えたら半端な資金では賄《まかな》えないだろう。

無許可でやっていることから考えて、国や大貴族か何かがバックにいるとも考えにくい。

単に金持ちとか、犯罪グループにでも属しているのか……何にせよとっ捕まえて聞いてみればわかるか。

そうこうしているうちに、通路を抜ける。

周りには暗闇が広がっており、道はそこで途切れていた。

その下は奈落の暗闇、何か奇妙な音のみが聞こえてくる。

「くそ！　一体どこに逃げたんだ⁉」

「気配は……正面だ！　気を付けろセシル」

１００メートルほど先の暗闇に、人の気配が一つある。

だがこの先は何もない空間に見える。

辺りを照らそうとファイアアローを発動させようとした、その時である。

「まさかただの冒険者にここまで追い詰められるとは思わなかったわぁ」

イザベラの声が辺りに響いた。

拡声器か何かで増幅された音だ。

反響しており、出所はわからない。

「数多《あまた》の遺跡を発掘し、何十年も準備を整え……ようやく私たちだけの王国が完成しつつあったのに、あなたたちのせいで台無しじゃあない？」

「どこだ！　姿を見せろ！」

「はいはい、すぐに見せてあげるわよぉ」

イザベラの言葉と共に、風切り音が耳に届いた。

巨大な何かが迫りくる。

何かヤバい！　俺は咄嗟《とっさ》にプロテクションを発動させる。

俺たちの周囲に透明な壁が生まれた、その直後である。

どおおおおおん！

と、凄まじい衝撃が壁に叩きつけられた。

目の前には何か、巨大な金属の塊《かたまり》だけが見えている。

それは更に勢いを増し、プロテクションごと俺たちを押し上げていく。

「きゃあああああっ!?」

悲鳴をあげ俺にしがみつくセシル。

俺たちを包んだプロテクションは通路を破壊し、地面を掘り進んでいく。

そして――地上へと飛び出した俺たちは地面に激突した。

衝撃でプロテクションは割れ、粉々に砕《くだ》け散ってしまった。

戦車の砲弾すらも無傷で防ぐというのに……なんという破壊力だ。

今のは一体……？

「プロテクションね。しかも異常な硬さ……アナタ、かなりの実力者と見たわ。顔は好みじゃないけれど、ふふ。可愛《かわい》がってあげてもいいわよぉ」

地の底から声が響く。

次いで、俺たちの目の前で大地が揺れ、地面が裂けていく。

二つに割れた地面の底からせり上がってきたのは――巨大な人型兵器だった。


せり上がってくる人型兵器が、地響きを立てて止まる。

カタパルトから一歩、機体が足を踏みだすと足元が激しく揺れた。

両目についたセンサーアイがぎらりと光り、マスクから蒸気が噴き出す。

金色のラインが入った深紅のボディ、両腕にはカノン砲とシールドがそれぞれ付いている。

背中のバックパックには、外観から見える部分だけでも多数の武装が積まれていた。

よく見れば両腕両足にも武器が仕込まれている。

大量の武器を搭載《とうさい》しているが装甲はそれ以上に分厚く見える。

その姿はまさに――動く要塞《ようさい》。

「紹介するわ。このコはテスタロッサ。私が遺跡で発掘した最強の切り札よぉ」

イザベラの声が響き渡る。

見れば、その人型兵器の胸部にイザベラが立っていた。

「特別にテスタちゃんて呼ぶことを許可してあげる。ふふっ、とぉっても可愛いでしょう」

サイズは17メートル程だろうか。08と同じくらいのサイズである。

だがその装甲の分厚さ、兵器の数は倍以上はあるだろうか。

……可愛い、ね。いい趣味してるぜ。

さっきまでいた場所はこいつの格納庫だったのだろう。辺りにはその破片が散乱している。

『この機体、データに残っていますね。正式名称テスタロッサ四式、何世代も前のとても古い型式の作業用機動外装です。尤《もっと》も装甲から装備に至るまであらゆる箇所《かしょ》を改造されており、殆《ほとん》ど原形は留めていませんが』

過去にこの星に残された機械が発掘、修理され、ゴーレムとして使われているのはさっき聞いたが、こんなデカいモノまで捨てていくか普通。

宇宙法に触れるぞまったく。

「あーあ、計画は一旦破綻《はたん》ねぇ。まぁこのコさえいれば幾らでもやり直せるんだけどぉ……ここまでめちゃくちゃにしてくれたアナタたちだけは許せないわぁ」

そう言って背を向けるイザベラ。形の良い尻が揺れるのを見せながら、テスタロッサのコクピットに乗り込むのだった。

ばきん！　と音を立て拘束具が外れ、起動音を上げながらテスタロッサが身体を起こす。

しっかり動いているな。相当な骨董品のはずだが動作に問題はなさそうだ。

「覚悟はいいかしら？　完膚なきまでに潰してあ、げ、る♪」

イザベラの言葉と共に、機体の上腕部が唸《うな》りを上げる。

まずい、プロテクションを張り直した次の瞬間、拳が俺たち目がけ振り下ろされた。

ずずん！　と拳が叩きつけられ、俺たちの身体《からだ》はプロテクションごと地面へと沈む。

「きゃあっ!?」

またも悲鳴をあげ、俺に抱きつくセシル。

俺が攻撃を防いだのを見て、イザベラは感嘆《かんたん》の言葉を漏《も》らす。

「ふぅ、とんでもない強度のプロテクションねぇ。アナタ、油断ならないわ。でも私とこのテスタちゃんを前にして、どうにか出来るのかしら……っ！」

更に、一撃。繰り返し何度も何度も。

がつん！　がつん！　と拳が叩きつけるたびに、プロテクションにヒビが入っていく。

くっ、このままだとジリ貧だ。

「セシル、次の一撃の前にプロテクションを解除する。跳ぶぞ」

「わ、わかったっ！」

テスタロッサが拳を振り上げた瞬間、俺はプロテクションを解除し穴から飛び出した。

セシルが続いて飛び出した直後、すぐ後ろで拳が叩きつけられ、土煙が上がった。

「走れ！」

セシルを連れ、テスタロッサから逃げるように駆ける。

「あらあら、今度はそちらが逃げる番かしら？　言っておくけど、簡単に逃げられるとは思わないことねぇ」

テスタロッサが追ってくる。

ゆっくり歩いているだけだが、地響きと揺れで凄《すさ》まじい圧力を感じる。

いつでも殺せる、とばかりに。まるで遊んでいるようだった。

「ど、どうするんだアレクセイ！　あんな巨大なゴーレムどうしようもないぞ!?　何か手はあるのか!?」

「いいから走れ！　少しでも距離を稼《かせ》ぐんだ！」

問答無用でセシルを走らせながら、俺は手元のコンソールを操作する。

画面に映る08の機体モデルからは破損を示す赤い印はだいぶ消えていた。

よし、自動修復はだいぶ終わっているようだな。

『動かせるか、シヴィ』

『修復率65パーセント。起動に問題はありません。ですが……』

『構わん！　というかやるしかない！』

『……了解、そうですね』

目には目を歯には歯を——機動外装には機動外装を、だ。

『ホーミングレーザー、ロック』

『了解。ホーミングレーザー充填率《じゅうてんりつ》80、90……発射』

灰色の空に一筋の光が見えた、その刹那《せつな》。

テスタロッサの真上から極太の光が降り注いだ。

少し遅れて凄まじいまでの土煙が舞い上がる。

「な……なんだこれは……!?」

あんぐりと口を開け驚くセシル。

ホーミングレーザーの中心温度は一万度をゆうに超える。

鉄板など一瞬で溶かしてしまう威力だ。これならひとたまりもあるまい。

そのはずなのだが……もうもうと立ち込める土煙の中で、二つのモノアイが不気味に光る。

『効いていません。敵機、無傷です』

『げっ、マジかよ』

「ふふ、ふふふふふ……今のもアナタの魔術、かしらぁ？　こんなことも出来るのねぇ？」

土煙を払いながらテスタロッサが姿を現す。

マジで無傷だ。どうなってんだ？

『解析中……あの機体の装甲には例の特殊合金が使われているようです。電磁波によるスキャンを一切受け付けません』

『そういえばさっき地下で感じてたイザベラの気配がいきなり消えたっけな。コックピットの扉を閉めたから、か』

ホーミングレーザーは電磁誘導にて瞬間的に熱を生み出し、敵機を破壊する武器だ。

電波が散らされれば威力は出せない。

ならばスキルはどうか。

俺は『魔導師』のジョブをセットし、アイスストライクを発動させる。

放たれた氷の刃がテスタロッサへと飛んでいき、その両足に突き刺さった。

凍結により一瞬動きの止まるテスタロッサだが、少し動いただけだ即座に砕《くだ》け散ってしまう。

「ならこいつはどうだ」

続いてファイアランス、エアブラストを発動させる。

だがやはりどちらも大したダメージは与えられなかった。

「無駄無駄無駄無駄！　私のテスタちゃんに魔術は効かないの。残念でしたぁー！」

うーむ、スキルも駄目か。

ただプロテクションで防げるところを見ると、一旦固定されたものを無効化するわけではないらしい。

ということは、俺の身体を強化するスキルなら有効かもしれないな。

「セシル、離れてろ」

「何をするつもりだ？　おい、アレクセイ！」

俺はジョブを『商人』にセットし、アイテムボックスからロングソードを取り出した。

続いてジョブに『戦士』をセット、剣を構えて斬《き》りかかる。

「つでぇい！」

そして一文字斬《いちもんじざん》を発動。力が漲《みなぎ》り、導かれるままに剣を振り下ろす。

ぎぃん！　と、音を立て刃先が砕《くだ》け散った。

「あははっ！　無駄だと言ってるのがわからないのですかぁ!?」

テスタロッサが右腕を上げ、カノン砲を向けてきた。

連装式ビームガトリングが唸《うな》りを上げ、光弾が降り注ぐ。

ヤバい、俺はセシルのいる場所に着地すると、咄嗟《とっさ》にプロテクションを展開した。

なんとか防いだが、外れた光弾の衝撃で地面が削《けず》れ、無数のクレーターが生まれていく。

「中々楽しませてくれましたねぇ。でも鬼ごっこはおしまい。こうして磔《はりつけ》にしてしまえば動けないでしょう?」

イザベラが勝ち誇る。

「アレクセイ、このままじゃいつかプロテクションが破られるぞ！　こんなに撃たれちゃ逃げる間もない！」

「わかっている。だがビーム兵器は連打すると銃身が熱くなり、すぐ駄目になるはずだ！　少し耐えれば……」

ずしん、と地響きが鳴った。

「確かに、このままだとすぐに銃身がダメになってしまいます。エネルギーも勿体《もったい》ないですしねぇ？　で、もぉ……」

ずしん、ずしんとテスタロッサが近づいてくる音が聞こえてくる。

こいつ、まさか……嫌な予感がする。

ずしん！　と音がすぐそばで聞こえた直後、更なる衝撃が俺たちを襲う。

「きゃあああああっ!?」

悲鳴を上げて俺にしがみつくセシル。

プロテクション越しに伝わる凄まじい重さ……どうやらテスタロッサに踏みつけられているようだ。

「あはっ！　ははっ！　あはははははっ！　どうかしらぁ!?　これなら銃を使う必要もありませんねぇ！」

プロテクションがミシミシと音をたて、小さなヒビが生まれていく。

「アレクセイっ！」

「大丈夫……だ……っ！」

割れる寸前、俺はプロテクションを張り直しなんとか持ちこたえた。

安堵《あんど》の息を吐くセシル。イザベラの舌打ちの音が聞こえた。

「……随分《ずいぶん》しぶといですのね。とはいえだいぶ押し込められたようですねぇ。プロテクションとの幅が猫の額くらい狭くなっているみたいですがぁ」

「逃げることも出来ない、助けも来ない……いっそ苦しまずペシャンコになった方が合理的かと思うのですがぁ？」

「生憎《あいにく》と諦めが悪いタチでね……！」

ぐぐ、とさらに地面に押し込まれていく。

俺の服を握るセシルの手に、力が込められる。

「アレクセイっ！」

「お、わ、り、ですわっ！」

ぴし、とヒビが生まれたその刹那《せつな》である。

ォォォ……と、音が聞こえた。

風を切るような音は、徐々に大きくなっていく。

「む……この音は一体……？」

ゴォォォォォォ……！

音はうるさいほどになっていた。

ようやくそれに気づいたのか、テスタロッサの動きが止まる。

「やっと来やがったか」

08

俺は口元に笑みを浮かべた、その直後である。
があああああん！　と衝撃音が鳴り、テスタロッサが吹き飛んだ。
頭上では雲が破れ、空が開けている。
空には巨大な影が浮かんでいた。

『これでも最速で飛んできたのですよ。感謝してください』

頭の中にシヴィの声が響く。
影の姿形が鮮明になっていき、そして俺たちのすぐそばに降り立った。
見上げればそこにいたのは俺の長年の相棒。
白金の巨人、我が愛機——シビラ08高機動型だった。

◇

すぐそばに降り立った08を見上げる。
両目がギラリと光り、マスクから蒸気が噴き出した。

赤色のラインが入った白銀のボディ、両腕にはカノン砲とシールドがそれぞれ付いており、背中のバックパックには多数の武装が搭載《とうさい》。

二本のビームソードが伸びていた。

両腕両足にも武器が仕込まれ、機動力よりも火力に重きを置いており、スタイリッシュで機能美を追求したこのデザイン。

うん、やはりカッコいい。惚《ほ》れ惚《ぼ》れするぜ。

『早く乗ってください、アレクセイ』

08がゆっくりと屈み、俺たちの方へ手を伸ばしてくる。

俺はその掌《てのひら》に駆け上がった。

「さぁセシルも、早く！」

「う、うん……！」

呆然《ぼうぜん》とするセシルの手を取り、引っ張り上げる。

俺たちが乗ったのを確認すると、08は手を胸部前まで持っていく。

装甲が開き、露わになったコックピット内部にセシルと共に乗り込んだ。

座席に座ると、操縦をオートからマニュアルに切り替える。

セシルは俺の横で不安げに左右を見渡している。

「あ、アレクセイ？　これは一体……？」

「俺のゴーレム、だな」

この世界風に言うと、である。

正式名称は帝国宇宙軍第七艦隊所属、宇宙用人型機動外装《モビルスウェット》シビラ08高機動型。それがこいつの名前だ。

勿論《もちろん》そんなことを話せるはずもない。

ハンドルにレバー、ペダルを軽くて動かし、数ヶ月ぶりの操縦感覚を確かめる。

よしよし。ちゃんと動くじゃないか。

『ナノマシンでの自動修復機能なんて眉唾《まゆつば》だったが、意外と直るもんだな』

『言っておきますがアレクセイ、損傷率は35パーセントもあるのです。まともな整備がされていないのでいつ止まってもおかしくありません。ギリギリで動いているのをお忘れなく』

『オーライ』

戦場では補給もなく、本来の稼働《かどう》時間である10時間を大幅に超えた36時間ぶっ続けで戦っていたこともある。

ギリギリの戦いは日常茶飯事《さはんじ》だ。

手慣れた仕草でカメラのスイッチを入れていき、兵装へとエネルギーを送る。

システムオールグリーン。戦闘準備、完了である。

俺は起き上がるテスタロッサを見下ろし、言った。

「紹介するぜ。こいつはシビラ08高機動型、俺の愛機だ」

「な、な、なな……なんですってぇ……!?」

戸惑うテスタロッサに向かって、走る。

宇宙機である08は、地上では負荷が大きくエネルギー消費も大きい。

加えて損傷も激しいのだ。先手必勝である。

テスタロッサも応じるべく、戦闘態勢を取った。

「全《まった》く、本当に驚かせてくれますねぇ。ですが私のテスタちゃんに勝てるとでもぉ……？」

テスタロッサは右腕を上げ、ビームガトリングを撃ってくる。

無数の光弾に俺はシールドをかざした。

シールド中心部から六方形に伸びたビームの膜《まく》が、それらを全てガードする。

「魔術の盾っ!?」

ビームシールドを見て驚くイザベラ。

よほど高出力のものでなければ、ビーム兵器はこいつで防ぎきれる。

というかイザベラはさっきからビームのことを魔術と言っているな。

その理屈で言うと、テスタロッサの装甲もビームシールドと似たようなものかもしれない。

だったら攻略する手段は、ある。

「ビームサーベルなら！」

『そう言うと思いました』

08のバックパックからビームサーベルの柄が伸びる。

俺は背中に手をやり、それを抜き放つ。

スイッチを押すと柄から一筋の光が伸びた。

こいつは円錐状《えんすい》のフィールドを張り、高出力のビームを展開する兵器である。

ビームシールドと同じく高出力ビームを一点に留めている為、射出型とは比べ物にならない程の威力を持っているのだ。

「なっ⁉　そんなものまでっ⁉」

その異様な出力に脅威《きょうい》を感じたのか、めちゃくちゃにビームガトリングを撃ってくるテスタロッサ。

シールドを構え、それらを全て弾きながら近づいていく。

「でぇい！」

振り上げたサーベルで斬《き》りつけると、テスタロッサは慌てて身を躱《かわ》す。

触れた箇所《かしょ》の装甲がジワリと赤く染まり、融解《ゆうかい》しかけていた。

流石《さすが》に硬いな。だがまともに当たれば倒せそうだ。

「……今度は魔術の剣、ですか。ですがそれならテスタちゃんにもあるのですよぉ！」

イザベラの言葉と共に、テスタロッサの両脚装甲がばかんと開く。

そこから伸びる二本の柄。抜き放ったその柄から光の刃が伸びた。

「二刀流かよっ！」

「その魔術の剣一本で防ぎ切れますかぁ!?」

テスタロッサは両手に持った魔術の剣で斬りかかってくる。

それに応じるように剣を振るった。

ぎぃん！　ぎぃん！　と高出力のビーム同士が弾き合う音が鳴り響く。

くっ、捌《さば》き切れん。なんだこの無駄のない動きは。

まるで機械のように正確に、機体の要《かなめ》を狙ってくる。

「アレクセイ、押されているぞ！」

「わ、かってんだよ……っ！」

振り下ろされる刃を弾く。

一旦距離を取らねば、そう思い後ろに跳んだ瞬間である。

奴のビームガトリングが無防備に着地する俺を狙い撃ってきた。

——直撃する！

どおん！　と衝撃音が鳴り、コックピットが揺れた。

「くっ……手が足りない……！」

いつもなら攻撃と防御、姿勢維持などの操作はシヴィと分担して行っている。

今もそうだが、地上ではより繊細《せんさい》な姿勢維持が必要だ。

重力ってやつがこれほど厄介《やっかい》とは思わなかったぜ。

最初は勢いで誤魔化《ごまか》していたが、今は相手の攻撃を凌《しの》ぎ、姿勢のバランスを取るので精一杯。

攻撃にまで手が回らない。

何か手は……思考を巡らせる俺の横に、セシルが立つ。

「アレクセイ、僕に何か手伝えることはないか!?」

「お前……そんなこと言っても、操縦なんか分かるのか?」

「わからない……でもじっとなんてしていられない! 僕に出来ることならなんでもやる! だから、頼む!」

じっと俺を見つめるセシル。

真剣な眼差《まなざ》しだ。俺はしばし考えた後、頷《うなず》いた。

「……わかった、こいつを取れ」

渡したのは無線型操縦桿《そうじゅうかん》である。

それを見たシヴィが声を上げた。

『アレクセイっ!?』

『どうしようもないだろ。それにIOS《イオス》を使えば案外いけるかもしれんぞ。シヴィは機体の制御を頼む』

『……そう、ですね。はぁ、正規のパイロット以外に触らせたくはないのですが……ＩＯＳに切り替えます』

シヴィがぶつくさと文句を言いながら、上半身の操縦をＩＯＳに切り替える。

こいつはイマジン・オペレーション・システムと言い、簡単に言えば考えただけで機体が動くようになるシステムだ。

ただ手動よりも反応が鈍く、微細な動きをするにはより詳細なイメージをせねばならない。

初心者向けだが、剣術の使い手であるセシルには案外ハマるかもしれない。

「セシル、この機体は今からお前が考えた通りに動く。上半身の動きを任せるぞ」

「！　わかった！」

元気よく返事をすると、セシルはビームサーベルを構える。

「下は俺に任せて、存分に振り回せ！」

「はあああああっ！」

気合いと共にテスタロッサへと斬撃《ざんげき》を繰り出すセシル。

テスタロッサはそれを防ぐと、もう片方の剣で振り払ってきた。

それを跳んで躱す。足運びと回避に集中出来れば、そうは当たらん。

「動きが変わった⁉」

「てぇい！　やあっ！」

光の刃が交じるたび、激しい閃光《せんこう》が巻き起こり、その残滓《ざんし》が宙に舞う。
一進一退の攻防が繰り広げられ、互いに一歩も引かない。
ようやく互角——そう思った直後である。
びー、びー、びー、と警告音が鳴り響く。
見ればエネルギー残量を示すゲージが赤くなっていた。
やべ、もうエネルギー切れかよ。
「セシル！　もう持たんぞ！」
「わかった！　一気にいく！　はあああああっ！」
どうやらこの一撃に全てを込めるようだ。
ＩＯＳによりセシルのやろうとすることが俺の頭に流れ込んでくる。
……この感じ、もしやアレをやるつもりか。
『シヴィ、少し無理をするぞ』
『今更です。はぁ、お好きにどうぞ』
俺はギアをマックスに入れ、全力で駆ける。
稼働《かどう》限界を超えた動きにより、各駆動《くどう》部分から妙な音が聞こえるが無視して突っ走る。
「っ！　無駄ですよぉ！」
二刀による斬撃を、身体《からだ》を捻《ひね》って躱す。

そのまま急速旋回にて背後に回り込んだ。

ベストポジション、取った。

「今だ！」

俺の言葉と同時に、既にセシルは剣を振りかぶっていた。

「一文字《いちもんじ》、斬《ざ》ぁぁぁぁぁん！」

咄嗟《とっさ》に二刀で受けて防ごうとするテスタロッサだが、それごと斬《き》り裂く。

「ば……」

一閃、テスタロッサは左右二つに分かたれ、パチパチと火花を散らしている。

だがそれも一瞬、各部が暴走し、炎を上げ始める。

「馬鹿な――ッ！」

イザベラの悲鳴と同時に、テスタロッサが眩《まばゆ》く光る。

そして――

どおおおおん！　と火柱を上げ大爆発する。

巨大な炎を背に、08は悠々《ゆうゆう》とサーベルの柄を収めるのだった。

戦闘終了、起動スイッチを切ると、ううう……ん、と音が鳴り、コックピットが薄暗くなる。

ふぅ、なんとか勝てたな。

剣士スキルである一文字斬が使えたのは、08を文字通り『武器』として使っていたからか。

どうなることかと思ったが……やれやれ、なんとか勝ててよかったといったところか。

セシルも汗びっしょりになっており、くてんと床に座り込んだ。

「はぁ、はぁ、はぁ……」

息を荒らげるセシル。

ＩＯＳは脳の疲労度が高いのも欠点の一つである。

後で甘いものでも奢《おご》ってやるか。

「おつかれ、よくやったな」

「……あぁ」

『シヴィもな』

『全《まった》くです。もっと機体を大事に扱ってくださいね』

俺は二人をねぎらうと、コックピットを開いた。

ひょいと地面に降り立つと、燃え盛るテスタロッサの前に行きジョブに『魔導師』をセットする。

アイスストライクを宙に放ち、ファイアランスで溶かした。

解けた氷が水となって辺りに降り注ぎ、みるみるうちに鎮火していく。

まだ炎の残る中へと足を踏み入れ、残骸《ざんがい》をどかしていく。

「おいアレクセイ、なんのつもりだ？」

俺の後に降りてきたセシルが問う。

「見ての通りだ。イザベラを助ける」

「呆《あき》れた男だ……今さっき殺されかけたばかりじゃないか」

「関係ないだろ。俺の勝手だ」

「ふん、全くだな」

と言いながらもセシルは俺を手伝い始めた。

そう言うなら手伝う必要はないのに、そっちの方こそ全く酔狂《すいきょう》な男である。

苦笑しながらもイザベラを探す。

……生きていろよ。でないと俺の計画が破綻《はたん》するのだ。

すなわち――勝利して格の違いを見せつける→その上、命を助ける→素敵、抱いて！

――という完ぺきな計画が、だ。

しかしこれだけの大爆発だったのだ。無事生きているだろうか。

焦燥《しょうそう》感に駆られながら、焼け焦げた残骸をどかし続ける。

「アレクセイ！」

セシルに呼ばれ向かった先には、倒れ臥《ふ》すイザベラがいた。

思わず駆け寄り、言葉を失う。

イザベラの胸には瓦礫《がれき》の破片が突き刺さっており、ピクリとも動いていなかった。

愕然《がくぜん》とそれを見下ろす俺の肩に、セシルが手を載せる。

「……残念だったな」

なんとも言えない気持ちだ。

戦いでは珍しくもないことだが、何度経験しても人の死というのは割り切れないものである。

どうしようもなかったとはいえ、俺がやったことだ。俺は無意識に手を合わせた。

「はぁ、全くやられましたわねぇ」

しんみりしていると、いきなりイザベラの声がした。

倒れていたイザベラが起き上がり、瓦礫を引っこ抜いたのである。

一体何が起こってるんだ⁉

あまりの驚きに、俺とセシルは硬直していた。

「そんなに驚かないでくださいな。私の身体はホラ、機械なのですよぉ」

そう言って傷口をくぱぁと開き、見せてくる。

イザベラの皮膚《ひふ》に覆《おお》われたその下には様々な機械が埋まっており、火花を散らしていた。

「上手《うま》く急所を外れてくれてよかったわぁ。それなりに重要な機関も積んでるのでぇ」

「な……お、お前、ゴーレムだったのか!?」

「むう、そんなに驚かれるとショックを受けますねぇ」

驚愕《きょうがく》するセシルに、イザベラは唇を尖らせる。

『これは驚きです。これだけのテクノロジーが詰まった人型ロボットが存在しているとは』

驚いているのはシヴィもだ。

俺たちの星の技術にも、あのくらいの人型ロボットくらいなら作ることは可能。

しかし小型かつ高性能な部品を多数使う為、定期的なメンテナンスが必要なのである。

まともな設備もなく、はるか昔の機械を発掘するような環境で、イザベラ程の精巧な人型ロボットが存在する、ということが驚きなのだ。

「ところでアナタ、名前を聞いてもいいかしらぁ?」

「俺、か？　俺の名はアレクセイだが……」

「アレクセイ様、ですかぁ」

イザベラは目を細めると、頬《ほお》を赤く染めた。

蠱惑《こわく》的な笑みを浮かべながら、ゆっくりと近づいてくる。

そして、キスをした。

「な……何をしているっ!?」

声を荒らげるセシルをちらりと見た後、イザベラは余韻《よいん》を楽しむかのように俺から身体を放した。

「何って……服従の誓い、ですよ」

そう言って舌を見せるイザベラ、そこには妙な紋章が刻まれていた。

『アレクセイの命令を順守するよう、自らに課したようです。しかもわざわざ唾液《だえき》を採取し、DNAによる生体認証システムまで使って……酔狂な機械ですね』

悠長《ゆうちょう》に解説するシヴィだが、こっちはまだ冷静さを取り戻していない。

いきなりの行動に戸惑う俺に、イザベラは語る。

「見ての通り、私は主人無き機械人形……自らが仕えるべき主人を探し、彷徨《さまよ》っていました。ですが良い方が見つからず、来たるべき時に備え機械の王国を作っていたのですよぉ。ですがついに見つけました」

イザベラは俺を熱っぽい目で見つめてくる。

「私を上回る戦闘力、機械人形を駆る知識、そして敵である私を助けるという慈悲《じひ》……あぁアレクセイ様、アナタこそ私の主人にふさわしい！」

そう言ってイザベラは、抱きついてくる。

「おいこら、当たってる当たってる！」

「当てているのですよぉ。えいえいっ！」

嬉しそうに身体を押し付けてくるイザベラ。

むき出しの金属部分が刺さってものすごく痛いんだが。
しかもセシルがすごい目で俺を見ている。
「何をデレデレしているんだか……馬鹿馬鹿しい」
そう言って、不機嫌そうにそっぽを向いた。
『女難続きですね、アレクセイ』
『……全くだ』
幼女にコブ付き、女顔のイケメンに挙句はロボかよ。
まともな女性はいないのか？
俺はため息を吐くと、空を見上げた。
薄暗くなりつつある空で、流れ星が一つキラリと流れた。

——俺は二人に全てを語った。

宇宙から08と共に墜落《ついらく》してきたこと、その経緯を。包み隠さず詳細に。
08を見せてしまった以上、下手に誤魔化《ごまか》すのは面倒なだけだ。
それに俺は隠し事は上手くないしな。
二人は俺の言葉を聞きながら、目を丸くしていた。

「あの空に見える星から落ちてきた……だと？」

「はぁ、私やテスタちゃんのような機械人形の沢山《たくさん》いる世界、ですか。……なるほど、道理でかつてのご主人様と似た雰囲気《ふんいき》があるはずですわぁ」

二人は驚きながらも、納得したようだ。

あれだけのものを見せた後だからな。俺の言葉を信じたようである。

「イザベラの主人……かつてこの星にいた連中も俺と似たようなものだろうからな」

「ということはぁ、やっぱりアレクセイ様こそ、私のご主人様にふさわしい方です。ひしっ！」

「だから痛ぇよ！」

勢いよく抱きついてくるイザベラを引き離す。

せめて身体《からだ》を修理してから抱きついてほしい。

突き出た金属部分が刺さって痛いんだが。

「ところでアレクセイ様、そちらの08さんはかなり痛んでいるご様子。よろしければ私の工場で修理いたしますが」

「本当か？　それは助かる」

先刻の戦いで無理をさせたせいで、駆動《くどう》関係がボロボロだ。

ナノマシンでの修復は外傷だけだし、まともなメカニックもいない現状では機体の細やかな調整は不可能。

あれだけの機体を整備していたイザベラになら、08を任せても大丈夫だろう。

「では08さんを格納庫へ。地下工場でじっくり見ておきますわぁ」

「頼む」

俺は自動操縦で08を格納庫へと移動させた。

イザベラと共に地下へと吸い込まれていく様子を眺めていた。

しばしの別れにしんみりとする俺に、セシルが声をかけてくる。

「……アレクセイはそのゴーレムの修理が終わったら、その、帰ってしまうのか？」

俺は少し考えた後、首を振った。

「いや、宇宙での戦いには飽き飽きしていたからな。しばらくはここにいるつもりだ」

「……！　そうか！　うん、それがいい」

俺の言葉に、セシルは満面の笑みを浮かべた。

なんだかわからんが妙に懐かれてしまったな。

◇

ギルドへ戻った俺は早速ミラに報告した。

――怪しい研究をしていた魔術師は俺の懸命な説得により、改心した。

もう二度と悪さはしないと誓ったので、逃がしてやった――と。

それを聞きながら、ミラは頭を抱えている。

「……なるほど、逃がしてしまったのですね」

「何か問題でも？」

「いえ、巨大ゴーレム出現の報告はこちらでも受けています。アレクセイさんとしてもどうしようもなかったでしょう。こちらとしても残念でしたが……お疲れ様でした。依頼達成です」

ミラはため息を吐きながらも俺に報酬金《ほうしゅうきん》を渡してきた。

『なぁシヴィ、妙に残念そうだったな？』

『この世界のゴーレムは貴重なのでしょう。それについて理解ある人間を欲しがるのは当然のことです』

つまりイザベラを捕らえて連れてきてほしかった、といったところか。

そうしていればミラの株も上がったのかもしれないが、イザベラには08の修理をしてもらうつもりだからな。

悪いが引き渡すわけにはいかない。

「やったな、アレクセイ」

「おう。ありがとな。セシル」

俺はセシルに報酬の半分を渡した。

ミラが俺の言葉をあっさり信じてくれたのも、セシルが口裏を合わせてくれたのが大きい。

俺だけじゃ話半分にしか聞いてくれないからな。

全《まった》くイケメンってやつは得だよな。日々の積み重ねの結果？　聞こえないな。

「それじゃあな。短い付き合いだったが、中々楽しかったぜ」

ともあれ、俺はセシルに別れを告げる。

依頼を達成したし、報酬も渡した。これ以上一緒にいる必要はない。

そのはずなのだがセシルは一向に立ち去ろうとしない。

それどころか不思議そうな顔で言った。

「何を言っている。僕もついていくぞ」

「は？　なんでだ？」

「君は無計画で無鉄砲。女と見れば声をかけるような破廉恥《はれんち》な男だ。放っておいたら何をしでかすかわかったものではない。だから僕がついていくことにしたのだ」

うんうんと頷《うなず》くと、セシルは俺の耳元に口を近づけてくる。

「――それに君はまだこの世界について、よくわからない部分が多いだろう？　僕ならば色々と教えてやれるぞ」

したり顔で言うセシル。
余計なお世話だぞ全く。
そういう部分も含めて気ままに楽しみたいんだ、俺は。
……だがいや、ちょっと待てよ？
セシルがいれば女の子がたくさん寄ってくる。
その中から美女を見繕《みつくろ》って……うむうむ。我ながらナイスアイデアだ。
「……仕方ない。そんなについてきたいのなら、別にいいぞ」
「ふっ、偉そうに……」
苦笑しながらも、セシルは俺の後ろをついてくる。
全く、どうせなら美女の相棒がよかったんだがな。
それでも一人よりは悪くない。
俺の異星での生活はまだ始まったばかりだ。

あとがき

『堕ちた大地で冒険者』お買い上げいただきありがとうございます！

謙虚《けんきょ》なサークルと申します。以後お見知りおいて下さると幸いです。

文庫で出すのは二作品目ということで、作品としては宇宙軍人＋冒険者ものですね。

実は異世界ものに宇宙という設定は結構相性がいいと思っておりまして、一度書いてみたかった題材だったりします。

異世界ものでは現代用語を使うのに色々言い訳をしないといけないのがちょっと不便なんですよね。プリンとかサンドイッチとか……気にしない人もいますが気になるタイプです。と言いつつあえて書くことも多いですけど！

しかも宇宙進出しているなら、当然パソコンなども出せるのがいいですね。

そこら辺が相性がいいと思う理由です。

続いて今作のメインヒロイン、セシルについて。

実は最近の作品にはあまりヒロインらしいキャラは登場させていなかったんですよね。

ですが、女好きであるアレクセイが男と思っているヒロイン、というのはちょっと面白いかもと思って書いてみました。

いや、これ自体はよくある設定ですけれども。

でもまぁ王道っていいよねってことで一つ……

イラストレーターの高峰《たかみね》ナダレさんが素晴らしいイラストを描いて下さり、なんとも可愛《かわい》らしく仕上がっていてとても気に入っています。

セシルのイラストだけでも売れるかもとすら思ってます。

売れたらいいいなー。


最後に次巻の展開を大胆《だいたん》予想！

この星最強のラスボス、魔王がついに復活。

だが魔王は美少女だった！

速攻で口説《くど》きにかかるアレクセイ、呆《あき》れるセシル、困惑する魔王。

しかし魔王の股間《こかん》には付いていてはいけないモノが……

絶望するアレクセイ、呆れるセシル。

その時、空は赤く落ちる——
それではまた会いましょう。

謙虚なサークル

発売おめでとうございます！
どこまで身バレ（性別バレ）
せずにいけるか楽しみです。

高峰ナダレ

この作品の感想をお寄せください。

あて先　〒101-8050　東京都千代田区一ツ橋2-5-10
集英社　ダッシュエックス文庫編集部　気付
謙虚なサークル先生　高峰ナダレ先生

ダッシュエックス文庫

堕ちた大地で冒険者
～チート技術と超速レベルアップによる異星無双～

謙虚なサークル

2021年2月28日　第1刷発行

★定価はカバーに表示してあります

発行者　北畠輝幸
発行所　株式会社　集英社
〒101−8050　東京都千代田区一ツ橋2−5−10
03(3230)6229(編集)
03(3230)6393(販売／書店専用) 03(3230)6080(読者係)
印刷所　凸版印刷株式会社
編集協力　梶原　亨

ISBN978-4-08-631404-6 C0193

ダッシュエックス文庫

不屈の冒険魂2
雑用積み上げ最強へ。超エリート神官道

漂鳥《ひょうちょう》
イラスト／刀彼方

新たな街で待ち受けるハードな雑用に苦戦!! 重要祭礼をこなすために暗記と勉強…もはや仕事と変わらない多忙な毎日に、大事件が!?

報われなかった村人A、貴族に拾われて溺愛される上に、実は持っていた伝説級の神スキルも覚醒した

三木なずな
イラスト／柴乃櫂人

ただの村人が貴族の孫に!? 強力な魔力でドラゴンを手懐け、古代魔法を復活させ、最強の剣まで入手する全肯定ライフがはじまる!!

モンスター娘のお医者さん9

折口良乃
イラスト／Z《ぜっ》トン

診療所が独立し、グレンはより幅広い依頼を受けるように。ある時、人間領へ派遣する親善大使候補の健康診断を担当することに…?

堕ちた大地で冒険者
～チート技術と超速レベルアップによる異星無双～

謙虚なサークル
イラスト／高峰ナダレ

帝国宇宙軍のパイロットが惑星へ不時着した。ステータスやスキルが存在するゲームのような惑星を、経験とチート技術で無双する!!

ダッシュエックス文庫

鎌倉源氏物語
俺の妹が暴走して源氏が族滅されそうなので全力で回避する

春日みかげ
イラスト／猫月ユキ

生死の境を彷徨う中「源氏族滅」の未来を知った源頼朝。惨劇を阻止するため、ブラコン妹・義経の暴走を止めようと大博打に出る！